관심 끄는 신입이 매번 유혹한다

저기 선배, 일도 사랑도 교육시켜 주실래요?

contents

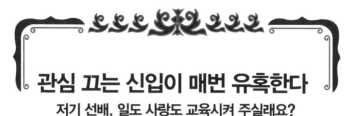

관심 끄는 신입이 매번 유혹한다

저기 선배, 일도 사랑도 교육시켜 주실래요?

1

나기키 에코 지음 / Re타케 일러스트 / 손종근 옮김

컬러, 본문 일러스트 | Re타케

스즈모리 쿄카

마사토의 두 살 연상 선배. 직위는 치프. 업무가 능숙한 에이스로, 모델에게도 지지 않는 미모나 스타일도 어우러져서 남녀 관계없이 동경하는 존재. 쿨뷰티한 어른 누님인 척하지만 의외로 섬세.

카자마 마사토

인터넷 광고 대리점의 영업 사원. 신입인 나기사의 교육 담당인 26세. 효율충이지만 남을 잘 돌보는 성격으로, 정말로 곤란해 하는 사람이 있다면 자신이 손해 보는 역할을 맡을지라도 손을 내밀고 마는 착한 사람.

이나미 나기사

22세 신입 사원. 무척 재치 있고, 그러면서 귀엽다며 사내만이 아니라 사외에서도 인기인. 주어진 업무도 제대로 소화할 수 있는 고스펙 여자이지만, 마사토와 단둘이 있으면 더욱 응석받이가 된다.

이나바 미히로

마사토와 동기인 디자이너. 크리에이터로서의 센스는 출중하고, 그러면서 업무도 빠른 천재 기질. 자유분방하고 변덕스러운 고양이 같은 성격. 스스럼없이 뭐든 이야기할 수 있는 마사토가 마음에 든다.

1화: 오피스의 중심에서 스트레스를 외치다

정시 퇴근.

이만큼 매력적인 말이 있을까. 입사 1년차 이후, '먼저 실례하겠습니다'라는 말을 꺼낸 기억이 없다.

완전 주휴 2일제.

이만큼 신용할 수 없는 말이 있을까. 마치 '이 세상에 완전한 것 따윈 무엇 하나 없다'라고 그러듯이, 주말 출근을 명령해 댄다.

'오늘 중으로 해줘. 가능한 빨리.'

이만큼 때리고 싶어지는 말이 있을까. 이쪽의 사정 따윈 개의치 않고. 세밀하게 짠 스케줄을 너무도 손쉽게 박살 내는 지독한 행위.

22시 직전. 부탁받은 견적서를 정리하며, 동경의 말을 계속 투덜대고 만다.

"잔업 없는 날……, 보너스 연 2회……, 유급휴가……, 전국 각종 레저시설 등 우대……, 업무 개혁……."

동경은 이해로부터 가장 먼 감정. 그렇기에 말로 꺼내면 꺼낼수록 슬퍼질 뿐.

"의미가 없는 런치 미팅……, 원격 근무인데도 불구하고 잔업……, 매일 반복되는 무의미한 사훈 제창……, '시답잖은 거 물어보지 마'에서 이어지는 '제멋대로 하지 마'……."

불평불만의 말을 중얼거리면 중얼거릴수록, 키보드를 두드리는 소리가 강해지면 강해질수록, 억누르고 있던 스트레스가 하염없이 새어 나온다.

끝내는.

"으으~~~~~!!! 블랙 기업 퍼어어어어어~~~~~억!!!"

오피스의 중심에서 스트레스를 외치다.

'화이트 기업의 사원들아, 나에게 휴일을 나눠 줘! 나, 완전 짜증 났다고' 상태.

"그 대머리 부장──! 정시 퇴근 직전에 업무 떠넘겨 대긴! 바로 끝날 일이라고 지껄일 거라면, 네가 해치우고 돌아가───~~~~~!"

견적서 따위 엿이나 먹으라지. 내 분노를 대변하듯이 'dsavcjsdkasdk'라는, 제대로 된 단어도 아닌 문자가 계속 나열되었다.

누가 본다면 '드디어 카자마가 망가졌어……'라고 기겁하겠지.

하지만 아무리 외쳐도, 아무리 헛소리를 해도 관계없다. 사무실에는 나밖에 없으니까.

"좋아, 선배! 더더 말해 버려~~~♪"

"엉?!"

정정. 나 말고도 하나 남아 있었다.

돌아보니 녀석이 있었다.

동그랗고 커다란 눈동자가 보이지 않을 정도로, 차밍 포인트인 보조개를 자랑스럽게 드러낼 정도로 천진난만한 미소의 여자가 내 바로 옆에.

이름은 이나미 나기사.

올해 막 입사한 신입 사원이자 내 직속 후배다.

'이 이상 투덜대다가는 끝이 없다고'라며 위엄을 세워 보려고 했지만, 이나미에게는 노 대미지. 자신의 눈꼬리를 검지로 추켜세우며 말을 건넸다.

"선배는 눈매가 사나우니까, 그렇게 노려보면 안 돼요."

"바보 같은 소리 마. 나도 입사하기 전에는 맑고 예쁜 눈빛이었다고."

"어. '나도'라는 건, 선배는 저를 맑고 예쁜 눈빛의 귀여운 여자라고 생각하신다는 건가요?"

"귀엽다는 소린 한마디도 안 했잖아."

"예쁜 눈이라고 생각해 주는 것만으로, 대만족이에요♪"

'몇 년만 있으면 네 눈도 죽을 거야'라는 숨은 메시지도 알아차렸으면 좋겠다.

이나미의 성격을 표현한다면, 호기심 왕성한 고양이라고

할까. 넘치는 활기에 붙임성 있고 애교도 가득. 게다가 외모도 스타일도 뛰어난 만큼, 사내는 물론이고 거래처 등에서도 굉장히 인기가 있는 우리 회사의 마스코트 같은 존재. 우리 회사에 있는 게 아까울 정도.

갓 졸업하고 온 신입답게, 프레시한 건 무척 좋다.

하지만 말이다.

"자, 마사토 선배. 얼른 일을 마무리하고, 마시러 가죠!"

틈만 있으면 술 마시러 가자고 권유를 한다. 인사하는 감각으로 거의 매일.

같이 마시기 위해서 내 작업을 계속 기다리는 투혼의 소유자.

이 녀석은 알코올 몬스터일까.

"기각."

"??? 어째서죠? 가끔은 제가 산다고요?"

"딱히 돈이 부족한 게 아니야."

"그럼, 어째서 거절하는데요!"

"네가 매번, 막차가 아슬아슬할 때까지 돌려보내질 않으니까 그렇지, 바보 녀석!"

이 신입 OL(Office Lady), 상당히 퍼마신다.

게다가 평소에도 활기가 넘치는데, 취하면 더더욱 기운 폭발. 둘이서 마신다면 그 성가신 창끝이 모조리 나한테 박히는 모습이 눈에 선했다.

내 반대도 상관없이, 응석을 부리는 아이처럼 내 팔에 매달렸다. 굉장해 가슴 부드러워.

"그야, 선배랑 마시는 거 즐거운걸요!"

"뻔뻔하게 굴지 마! 애당초 월요일부터 술 마시자고 하지 말라고! 넌 무슨 대학생이냐!"

"싫어싫어싫어! 요전에 데려가 준 해산물 이자카야 가고 싶어! 가다랑어 짚불 구이에 시원한 술로 쭉 들이켜고 싶어!"

"넌 무슨 아저씨냐……."

"전철 끊기면 호텔에서 묵으면 돼요!"

"…………. ?! 뭐어어어어어?!"

시민은커녕 마리 앙투아네트도 깜짝 놀랄 외박 발언에 나도 깜짝.

술을 좋아하니까? 집에 가는 게 귀찮아서? 젊은 혈기로? 아니면……?

술 마시고, 가끔씩 호텔.

그런 미인계 비슷한 소리를 자연스럽게 던지는 신입 OL이 바로, 이나미 나기사다.

2화: 겉보기엔 사축, 내용물도 사축,
그 이름도 카자마 마사토

카자마 마사토, 26세.

블랙 기──, 인터넷 관련 광고 대리점에 근무하는, 사축 목 사축과 사축속에 분류되는 사축*.

명목상으로는 영업직이지만 언제부터인가 광고 운용 관리, 각본이나 보고서 작성도 떠맡게 되고. 올라운더라는 이름의 잡무 담당, 쓰기 편한 남자, 도라에몽.

딱히 일을 잘 하니까 일을 맡는 것이 아니었다. 선배나 상사, 동기들이 차례차례 별이 되어 떠나고, 남은 것을 떠맡고 있을 뿐이었다.

그만두고 만 선배의 말이 지금도 잊히지 않는다.

"알겠냐, 카자마. 사직서는 언제든지 던질 수 있도록 책상에 숨겨 둬. 그만두고 싶을 때가 그만둘 때니까 말이야."

이제 싫다, 이런 회사.

싫다고 투덜대면서도 이렇게 계속 일을 하는 것은, 남들보다도 내구력이 강한 것인지, 아니면 성격이 억세기 때문인지.

아침부터 밤까지, 죽은 눈으로 계속 혹사무쌍하는 슬픈

─────────
*가축의 가를 회사의 사로 변경한 명칭. 회사의 노예처럼 일한다는 의미.

나날이었다.

※ ※ ※

정각 18시. '종업 시각이에요'라는 벨소리가 사내에 울려 퍼졌다.

즉, '오늘도 잔업 힘내자'라는 메시지가 뇌 내에 들러붙었다.

노트북 박살 낼까.

화면을 박살 낼 근성 따위 있을 리가 없고. 그런 일을 할 바에야 키보드를 달칵달칵 두드리는 편이 유의미……하다 기보다 이득.

시답잖은 생각을 하며 죽은 눈으로 일을 소화하고 있었 더니.

"다녀왔습니다─♪"

해도 이미 졌는데도 불구하고 활기차게, 우리 회사의 마 스코트가 외근에서 돌아왔다.

이나미다.

"이나미, 어서 와~."

"더웠지? 지금 보리차 준비할 테니까 기다려."

"나기사 왔으니까 에어컨 온도 내려 줘─."

등등.

'너는 눈에 넣어도 안 아픈 손녀딸이냐'라며 딴죽을 걸고 싶어질 정도의 분위기.

　모두가 지나가는 이나미에게 커뮤니케이션을 시도하지 않을 수가 없었다.

　그만큼 이나미 나기사라는 여자는 사내의 사람들에게 사랑받고, 사내의 모두에게 힐링을 제공하는 오아시스 같은 존재.

　애교 있는 인사로 답하거나, 받아든 보리차를 맛있다는 듯 꿀꺽꿀꺽 마시거나, '저한테는 이게 있으니까 괜찮아요!'라며 자랑스럽게 휴대용 선풍기를 들어 보이거나.

　그야말로 사랑받는 캐릭터겠지.

　마음씨도 곱고, 업무 이해도 빠르다. 이제까지 내가 교육했던 후배 중에서도 최고라고 단언해도 될 만큼 우수한 녀석이다.

　그 사랑받는 캐릭터가, 내 곁으로 다가왔다.

　"선배, 다녀왔어요―♪"

　"어. 수고했어."

　"에헤헤♪"

　"??? 왜 그래?"

　"그 쌀쌀맞은 대답이, 가부장적인 남편 같아 멋지구나 싶어서."

　흐냐~, 그렇게 녹아내릴 것 같은 미소로 무슨 소리를 하는 걸까.

확실히 천진난만한 미소는 죽을 만큼 귀여우니까 힐링 효과는 절대적.

하지만 여기서 헤롱헤롱해서는 교육 담당의 이름이 운다.

"바보 녀석. 그렇게나 멋지면, 한 번 더 외근 갔다 올래?"

"……. 불쌍한 선배……."

"허?"

"제가 한 번 더 외근을 다녀올 수 있을 만큼, 오늘도 일이 잔뜩 남아 있군요……."

"윽……. 부정할 수 없는 게 짜증나……!"

이나미가 입술을 삐죽.

"정말이지! 또 마시러 가는 게 늦어지잖아요! 대체 우리는 언제가 되어야 해피 아워부터 마실 수 있나요!"

"시, 시끄러—! 해피 아워 같은 건 실존하지 않아!"

"있는걸! 해피 아워는 정말로 있는걸!"

그런 '토토로는 정말로 있는걸' 같은 소리를 해도.

인정하자. 해피 아워, '16시부터 19시는 맥주 한 잔 200엔'이라는 파격적인 서비스는 실존한다.

하지만 말이다. 그런 거, 상류 계급(화이트)의 인간에게만 허락되는 특권이다. Z(잔업) 전사는 맥주 한 잔 580엔이니까.

아—아……. 저수입 원천징수표를 제시하면 저렴해지는 서비스 같은 건 안 해줄까…….

한숨을 내쉴 틈도 없이.

"아하핫! 정말로 너희의 부부 만담은 아무리 봐도 질리지 않아—."

"엉?!"

전방의 데스크로 시선을 옮겼다. 그곳에는 예능 프로그램이라도 본 것처럼 계속 웃어 대는 여자가 약 한 명.

밝은 색상의 미디엄 보브컷, 귀를 장식한 백은색 피어스는 이 녀석의 밝고 열린 성격을 이야기한다. 인상이 선명해서 그렇겠지. 조금 화려한 정도가 적당하다고 여겨지기도 한다.

상당하다고 할까, 꽤나 훌륭한 가슴의 소유자라서 지금도 남자들의 시선도 개의치 않고. 당당하게 풍만한 바스트를 데스크에 얹고서, 항상 걸고 있는 자그마한 목걸이는 계곡에 폭 박혀 버렸다.

과거에 흘끗 봤다가 들키고, '보고 싶으면 그냥 봐. 뭣하면 주물러 볼래?'라는 폭탄이 날아든 것은 기억에 선명했다.

그녀의 이름은 이나바 미히로. 나의 마지막 동기다.

다른 동기가 하늘의 별이 되어 떠난 것은 굳이 말할 필요도 없다.

"미히로 선배, '부 · 부' 만담이라니 부끄럽잖아요~."

"오~? 부부를 강조하다니, 나기사는 카자마의 아내가 될 생각이 가득한가~?"

"아이 정말~ ♪"

이나미는 나와 해산하고 이나바와 콤비를 짜면 될 텐데.

"카자마―. 귀여운 후배가 마시러 가고 싶다니까, 데려가
주면 되잖아."

이나바가 더더욱 몸을 앞으로 내밀고, 가슴을 짓누르며
나와 거리를 좁혔다.

"해피 아워 끝나고도 계속 먹이고, '알겠냐, 나기사. 이제
부터 호텔에서 진정한 해피 아워를 즐기―'."

"닥쳐, 성희롱 아재."

미인인 주제에 아저씨 같은 소리를 하는 게 이나바 미히
로라는 생물.

이만큼 터프한 녀석이 아니고서야, 블랙 기업에서 살아남
을 수는 없겠지.

그렇다고는 해도, 이런 터프함은 이나미가 계승하지 않았
으면 좋겠다.

"미히로 선배도 마시러 가요."

"논논논. 후배의 연애를 방해할 만큼, 나도 촌스러운 사
람은 아니야."

"미히로 선배……! 저, 힘내서 선배를 함락시키겠어요!"

"함락시켜 버려! 최악의 경우에는 물리적으로 함락시켜
서, 기정사실을 만들어 버리면 승리니까!"

"알겠어요. 그러니까 마사토 선배! 빨리 마시러 가죠!"

"뭐가 그러니까, 냐고……!"

이 녀석들, 윤리관이라는 게 부족한 거냐.

이나미의 교육 담당이 내가 아니라 이나바였을 경우를 생각하면 무섭다.

이미 물들었을 가능성도 부정할 수 없지만.

"그보다도 이나미."

"예?"

"매번 말하는데, 마시러 가자는 약속 같은 건 안 했잖아."

"카자마는 여심을 모르는구나."

"어?"

이나미가 아니라 이나바가 어깨를 으쓱였다.

"여자라는 생물은, 충동을 막을 수가 없는 법이야. 엄청 좋아하는 남친한테, '만나고 싶어서 참을 수 없으니까 와버렸어. 꺄하♪' 같은 거지."

"드라마나 만화에서 자주 보는 시추에이션이네."

"그래그래. 남자도 좋아하잖아? 그런 상황."

"나는 싫어. 갑자기 오면 예정이 망가지니까."

"너, ○추 안 달려 있어?"

"훌륭한 게 달려 있어!"

팬티 확 내릴까.

모두가 24시간 붙어 있으려 한다고 생각하면 큰 착각이다, 바보 녀석.

너는 모르겠지. 남자에게는 혼자서만 지내고 싶은 시간이 있다는 걸.

일을 마치고 술과 안주를 즐기며 하는 게임이 얼마나 큰 살상 능력을 감추고 있는가.

하루의 피로를 알코올이 풀어 주고, 적을 제대로 조준하지 못해서 게임 오버가 되더라도 '져버렸어. 후헤헤……'라며 원룸에서 혼잣말하는 시간이 최고인 것이다.

전혀 쓸쓸하지 않다고, 젠장.

여담은 그만하고.

"애당초 말이야. 이나바의 이론이 설령 옳다고 해도, 그렇다면 술을 좋아하는 여자는 죄다 알코올 몬스터잖아."

'마시고 싶어서 참을 수 없으니까 마셔 버렸어. 꺄하♪' 같은 소리를 한다면 오싹하다. 이자카야가 아니라 병원을 가라고.

'저기! 저기! 저기!'라며 이나미가 기세 좋게 손을 들었다.

"특별한 이유나 성과가 있다면, 마사토 선배는 같이 마셔 주나요?"

"이유나 성과? ……뭐, 그러네. 그런 게 있다면 포상으로 데려가 줄 수도 있겠지."

"흐흐~응♪"

이게 무슨 일일까요. 신입 사원이 교육 담당인 선배한테 가슴을 쫙 펴고, 고개를 잔뜩 쳐들고서 득의양양한 표정이었다.

교육적 지도. 콧대를 꺾어 주겠다고 손을 뻗었지만.

"우리 광고 서비스에 흥미를 가진 회사가 있었어요! 그것도 세 곳이나!"

"뭣."

내 반응이 예상 그대로였는지, 이나미는 더욱 신이 났다. 브이브이, 양손으로 브이를 그리며 만면의 미소였다.

교육적 지도도 날아가고, 무심코 중얼거리고 말았다.

"너, 진짜로 방문 영업의 재능이 있구나……."

"에헤헤~♪ 칭찬해도 입술밖에 못 준다고요?"

"안 줘도 돼."

'부끄러워 할 것 없잖아요─'라며 입술을 내밀고서 접근하는 만큼, 전생에는 이나바와 마찬가지로 중년의 성희롱 아저씨였을 테지.

그래도 재능이 있다고 생각하는 건 진심이다. 불과 얼마 전까지 나를 따라오던 녀석이, 지금은 상품 설명부터 견적서에 이르기까지 혼자서 해낼 수 있다는 거니까.

내가 신입이던 시절에는, 갑작스럽게 방문하는 게 너무나도 싫어서 카페에서 시간을 때웠다고.

"이 모든 게, 마사토 선배가 저를 제대로 단련해 준 덕분이에요!"

"!"

"바쁜데도 연수 세미나에 동행해 주고, 제 실수나 모르는 부분을 싫은 표정 하나 없이 가르쳐 주고. 예를 하나하나 언급하자면 끝이 없을 정도예요."

"이나미……"

이제 곧 서른이라 그럴까, 눈물이 많아진 것 같다.

내가 막 입사했을 무렵의 이나미와 쌓은 추억을 돌이켜 보는 것처럼, 이나미 역시도 당시의 일을 다시금 떠올리고 있겠지.

그렇기에 이나미는 천천히 눈을 감고, 자신의 몸을 끌어안았다.

"하나하나 자세히 가르쳐 주고, 때로는 싫어하는 저를 넘어뜨리고, 난폭하면서 탐욕스럽게――,"

"곡해 수준이 아니잖아."

"어라~?"

감동을 돌려내, 바보 녀석.

중요한 부분에서 장난을 치는 것은 변함이 없어서. 커다란 눈이 가늘어질 정도로 쿡쿡 웃었다.

그리고 애교가 가득한 미소로.

"선배. 앞으로도 지도편달, 잘 부탁드릴게요♪"

"……어, 응."

정말로 치사하네. 이 녀석의 미소에는, 어떤 장난도 넘겨버릴 수 있는 마법이 깃들어 있으니까.

넘어가 준다기 보다도, 그 미소에 이쪽이 행복해질 수준이다.

양손으로 뺨을 괸 이나바는 나를 보고 싱글싱글.

"카자마─. 남자가 두 말 하진 않겠지? 훌륭한 게 붙어 있다면 더더욱."

"너는 꼭 한마디가 많다고."

훌륭하다 운운은 제쳐 두고, 이나바의 말이 옳다는 것 정도는 안다.

"뭐, 그러네……. 열심히 방문 영업을 뛴 모양이니까, 오늘은 마시러 갈까."

"! 만세! 선배 좋아해요♪"

결국에 내가 이 녀석한테 가장 무른 걸지도 모르겠다.

어쩔 수 없잖아. 무슨 일에든 전력투구에 일희일비하는 후배가 있다면, 귀여워해 주고 싶어지는 것이 선배라는 생물이니까.

그렇게나 마시러 갈 수 있다는 게 기쁠까.

"자자! 서로 얼른 일을 끝내고, 마시러 가죠─!"

이나미는 상의에서 아담한 배꼽이 흘끗 보일 만큼 양손을 한가득 들고, 잔업 모드로 기분을 전환했다.

우리와 마찬가지로 그녀도 어엿한 Z 전사.

'너는 정말 그걸로 괜찮겠어……?'라고 딴죽을 거는 것은 멋없는 짓이겠지. 본인의 모티베이션이 높으면 선배이자 상사로서 지켜봐야겠지.

그렇기에.

"이나미~~~! 지금부터 한잔 걸치러 가자―!"

이런 분위기를 못 읽는 상사가 되고 싶지는 않은 것이었다.

이나바랑 이나미의 장난스러운 성희롱 아재가 아니라, 그야말로 현역인 성희롱 아재 강림.

대머리――. 실례. 두피를 화전 농사 중인 중년이, 유난히 큰 목소리를 높이며 우리라고 할까 이나미 곁으로 다가왔다.

이름은 사이다이지.

안타깝게도, 우리의 부장이다.

'회사 사람 중에서 패고 싶은 녀석' 랭킹이 있다면, 2등과 큰 차이로 1등에 군림할 정도. 그만큼 악평이 높은 존재가 바로 이 사이다이지라는 남자다.

자신의 일을 부하에게 떠넘기는 것은 당연. 여사원에게 성희롱은 일상다반사. 상사에게는 지문이 닳을 정도로 손을 비벼 대는 것은 불변의 이치.

이상, 상식·섬세·모근이 빈약한 생물인 것이다.

성희롱 아재 전력 전개. 부장은 마치 숨을 쉬듯이 이나미의 어깨에 손을 얹고 히죽히죽.

"자~. 이나미 너무 가늘어―. 조금 더 포동포동한 편이 아저씨한테는 포인트 높다고? 좋아! 자라! 자라 전골 먹으러 가자!"

굉장하네. 부모자식 정도로 나이 차이가 나는 여자한테,

태연하게 같이 전골을 먹자고 제안할 수 있으니까. 게다가 호불호 강한 자라.

기름 낀 창끝은 이나바에게도 향했다.

"이나바도 가자. 자라는 가슴에도 좋다니까, 더 키워 버리자!"

"…………."

"어라? 이나바?"

"…………."

"저기—! 들려—?"

"…………."

부장이 이나바에게 크게 손을 흔들어도 무반응.

그도 그럴 터. 이나바는 게으름 모드에서 돌변, 자세를 쫙 펴고서 노트북 컴퓨터와 절찬 눈싸움 중. 마치 '저는 작업에 집중하고 있습니다'라고 하듯이, 엄청 커다란 헤드폰을 쓰고서.

이나바……. 적어도 이어폰 연결 정도는 하라고…….

이나바는 메시지를 입력하던 모양이라, 내 스마트폰에 알림이 떴다.

'뒤처리는 맡기겠다!'

너무하네.

입사 당시부터 부장의 성희롱 공세를 흘려 넘겨 온 관록은 그저 장식이 아니었나 보다.

뒤처리를 떠맡았지만, 내 힘 따위가 과연 필요할까?

애교가 가득, 들러붙은 미소로 이나미는 선언했다.

"죄송해요~. 저, 자라도 거북해서요~."

자라'도'라고 말하잖아.

거절하는 용기는 물론, 타박하는 여유조차 있었다.

싫은 건 싫다. 좋은 건 좋다. 그것을 솔직하게 말할 수 있는 것이 이나미 나기사 퀄리티.

"젊은 나이에 편식하면은 안 되지! 자라는 스태미나에 좋다고~? 밤에 스태미나가 넘치면 애인도 기뻐해 주겠지~?"

"저, 애인 모집 중이라서 안 먹어도 괜찮아요—."

"어! 이나미, 애인 없구나! 햐~ 내가 20년만 젊었으면~."

"저, 나이 차 같은 건 신경 안 쓰는 타입이라, 나이는 관계없어요—."

"어어?! 이나미, 날 이성으로서도 본 거야?! 이것 참~, 곤란하네!"

"싫어라~! 부장님 농담 너무해~! 농담이 너무해서, 후생노동성*에 상담해 버릴 것 같아~ ♪"

"아하하하하~ ♪" "하하하하핫!"

나는 뭘 보면서 일을 하는 걸까…….

이나미의 늠름한 모습에는 혀를 내둘렀지만, 부장의 끈질긴 모습에도 역시나 눈을 부릅뜨고 말았다.

날카롭기 그지없는 말로 이나미가 계속 공격해도, 분위기

---

*일본의 정부기관 중 하나로, 한국에서의 보건복지부와 고용노동부가 합쳐진듯한 역할을 한다.

를 못 읽는 대머리한테는 전혀 통하지 않았다. 바보는 죽어도 낫지 않는다.

원만하게 넘기고 싶었던 이나미도, 역시나 미소의 금박이 점점 벗겨져 나갔다.

"아직 일이 남아 있어서, 정말 죄송해요."

"안 되지~! 신입 때부터 잔업하는 습관을 들이면!"

"그건 그럴지도 모르겠지만⋯⋯."

"알겠어? 잔업을 한다는 건, 업무를 효율적으로 못 한다는 증거야."

이어서, 자신만만하게 부장은 말했다.

"잔업을 하는 녀석이 열심히 하는 거다? 아니지, 아니야. 열심히 하질 않으니까 잔업을 하는 것뿐이니까!"

"윽!"

전혀 섬세하지 않은 그 발언에, 이나미가 큰 눈을 더욱 크게 떴다.

"⋯⋯그건, 지금 잔업 중인 마사토 선배나 다른 선배들은, 열심히 하는 게 아니라는 이야긴가요?"

천진난만한 신입 OL은 어디로 갔는지. 가냘픈 어깨나 날씬한 팔에 부들부들 힘이 들어가기 시작했다.

나나 잔업 팀, 바보 취급을 당한 인간 이상으로 불쾌한 감정을 드러내고 말았다.

아니나 다를까, 이나미의 감정은 부장에게는 닿지 않았다.

"그렇지! 내 입장에서 보면, 카자마도 그렇고 다들 노력이 부족해!"

"철회해 주세요! 저, 잔업을 하는 사람이 열심히 하지 않는다고 생각하진 않아요! 그게, 열심히 할 수 없는 사람이라면 절대로 잔업 따윈 안 하는걸요!"

"쯔쯔쯔쯧. 이나미는 생각이 어리구나~. 그야 그렇지! 아직 1년차 신입이니까!"

"1년차든 몇 년차든, 이 마음은 절대로 변하지 않아요!"

"OKOK! 뜨거운 논의는 식사를 하면서 나누지 않겠나!"

"그러니까――!"

부장은 전혀 들어먹지를 않았다. 이제는 이비인후과가 아니라 뇌신경외과를 추천하고 싶은 수준.

그렇지만 이나미의 생각이 어리다는 점에는 납득할 수 있었다.

자신이 성희롱이나 마찬가지인 소리를 듣고서도 참을 수 있었으면서, 우리가 바보 취급을 당하는 건 못 참으니까. 참으로 인내심이 부족하다.

원론적인 이야기로, 자기 관리도 변변히 못 하는 병아리한테 보호를 받을 만큼, 우리 Z 전사는 약하지 않다.

총평, 더욱 노력하자.

더욱 노력해야만 하기에.

"야, 이나미. 내가 부탁한 일을 내팽개치고서 전골을 먹으러 가진 않겠지?"

"선배……." "카자마?"
더욱 노력해야만 하기에, 이나미에게 손을 건네야만 했다.
왜냐면, 나는 이 녀석의 교육 담당이니까.
"카자마! 신입한테 밤늦게까지 일을 시키려는 거냐, 너?!"
부장은 히죽히죽에서 돌변. 나한테 잔뜩 거친 목소리로 떠들기 시작했다.
이럴 때만큼은 이해가 빠른 것은, 역시라고 할까 무섭다고 할까.
"이나미한테 떠넘기지 말고, 네가──,"
"젊을 때는 죽기살기로 일해라."
"어?"
"제가 신입이던 시절, 부장님께서 해주신 '금언(金言)'입니다만."
"…………. 어어……."
기억도 못 하겠지. 그저 자기가 빨리 돌아가고 싶으니까, 일을 떠넘기고 싶으니까 내뱉은 말일 테니까.
이런 말은, 들은 쪽은 계속 기억하는 법이다.
평소에는 보고 싶지도 않은 부장의 낯짝이지만, 지금만큼은 빤히 쳐다보고 말았다.

"혹시 그때 그 말은 거짓이라고 하시진 않겠지요?"

"!!! 아, 아니아니아니! 그럴 리가 있나! 젊을 때는 죽기살기로 일한다! 말했지, 그럼!"

"다행이군요. '저희'는, 계속 부장님의 말씀을 믿고서 일하고 있으니까요."

"……저희?"

"그렇죠, 여러분?"

목을 내밀며 주위를 둘러봤다.

계속 준비하고 있었을 테지.

"카자마 씨 말대롭니다! 부장님의 말씀이 있었기에, 잔업도 휴일도 열심히 일할 수 있었습니다! ……눈물도 혈뇨도 견디면서."

"저도저도! 부장님께서 누구라도 할 수 있는 일을 돌리는 거, 부하가 경험을 쌓을 수 있도록 하시려는 거겠죠? 부장급인 사람이, 설마 편하자고 일을 떠넘길 리는 없겠죠? ……그렇죠?"

"그렇겠지ㅡ. 그리고, 부장님께서 '이러니까 요즘 것들은' 하고 입이 닳도록 말씀하시는 것도, 애정의 또 다른 표현이 겠죠? ……그저 악담이었다면 감봉급일 텐데?"

Z 전사들이여. 말에 가시 말고는 없다고.

"아하핫! 부장님께서도 빌어먹을 녀석인 척하는 거 큰일이시네—♪"

이나바는 헤드폰을 쓴 채로 대폭소하지 말라고—.

다시 한번 말하겠다. Z 전사는 약하지 않다.

무엇보다도 말이다. 후배를 지키고 싶다는 마음은, 화이트 기업이든 블랙 기업이든 관계가 없다.

아무리 천하태평인 부장이라도 식은땀 줄줄.

"……응. 전부 내 애정 표현이야……."

자업자득이라는 말이 지나칠 정도로 어울려서.

시선을 부장한테서 이나미한테.

그리고, 눈짓으로 전했다.

'알겠어? 짜증나는 상사한테는 이렇게 대처하는 거야'라고.

3개월이 넘도록 선후배 관계를 구축한 사이다.

"저, 잔업할게요. 부장님의 말씀을 계승하기 위해서! 마사토 선배를 평생 따르기 위해서!"

평생 따를 필요는 없는데.

역시나 자랑스러운 후배. 이해가 빠르다.

이제 분노나 짜증 같은 감정도 없고, 들러붙은 미소도 없다.

평소처럼 백점만점의 미소, 반짝반짝하는 눈빛으로 돌아온 이나미는 부장에게 피니시 블로.

"그래서요! 저희는 열심히 잔업에 매진할 테니까, 부장님께서는 모쪼록 귀가하세요♪"

"으, 응⋯⋯. 열심히 해—⋯⋯."

조금 전까지의 위세는 전무. 아무런 말도 못 하는 상태가
된 부장은 도망치듯이 몸을 움츠리고서 총총히 퇴근했다.
완전 승리였다.

이물질이 사라지자 사내는 난리법석.

"역시 카자마랑 이나미, 나이스 콤비!"

"부장 꼴좋다! 시원하네~⋯⋯."

"나, 지금 그걸로 일주일은 푹 잘 수 있겠어."

등등. 부장은 대체 얼마나 미움을 받는 거냐고.

이 녀석도 무척이나 승리가 기뻤을 테지.

"마사토 선배♪"

달라붙듯이 바로 옆으로 온 이나미가, 내게 양쪽 손바닥
을 내밀었다.

나도 살짝 기분이 들뜬 것일지도 모르겠다.

그만 이나미의 하이파이브 요구를 받아들이고 말았으니까.

3화: 기억나지 않습니다. ……하지만?

잔업 종료.

약속대로 우리 둘은 술집에 와 있었다.

"건배―♪" "건배."

맥주잔과 잔을 맞댄 뒤, 시원한 맥주를 단숨에 목으로 흘려 넘겼다.

그야말로 하루의 포상. 피로에 찌든 몸에 황금색 탄산수가 완전히 스며든다.

"크하아아아아~~~~♪ 이 한 잔이 있으니까, 그만둘 수가 없다고요~~~~♪"

귀여운 아저씨 이곳에 있으시다.

눈앞의 이나미도 대만족. 힘껏 주먹 쥔 양손을 위아래로 붕붕 흔들며 연신 입맛을 다셨다.

스물 두세 살의 여자라면, 매실주나 카시스 오렌지, 와인 같은 걸 즐겨 마시겠지.

하지만 이 녀석이 좋아하는 건 차게 식힌 일본주. 전통주와 회를 즐기는 진짜.

다시 한번 잔을 쭉 기울이고.

"아아……, 일본에서 태어나서 다행이야~~~♪"

콧노래, 10콤보다동.

주위에 내숭을 떨지 않고 자신이 좋아하는 것을 맛있게 마시는 모습은, 보고 있으면 기분이 좋다는 생각마저 들게 만든다.

그렇지만 이 나이에 운치가 넘치는 해산물 이자카야 독실로 만족해도 괜찮겠는고? 그렇게 묻고 싶어지기는 한다.

세상의 OL들이 화사한 이탈리안 바나 카페테리아에서 인스타 사진을 찍는 시대에, '으음…… 복숭아 같은 화사한 향기에, 맛은 산뜻하고 상쾌——'라니.

마시는 일본주의 맛을 스마트폰으로 메모해도 되겠는고? 그렇게 딴죽을 걸고 싶어지기는 한다.

우리 회사원의 입장에서야 고평가겠지만.

끝내는 빤히 바라보는 걸 들켜 버렸다.

"선배도 마실래요? 후쿠쥬 준마이 긴죠."

"딱히 일본주가 마시고 싶어서 본 게 아닌데."

"안다고요—. 저랑 간접 쪽쪽을 하고 싶은 거겠죠?"

"입술 싹둑 해버릴까."

"너무해! 하지만, 쌀쌀맞은 게 좋아!"

장래에 가정 폭력이나 휘두르는 남자를 좋아하게 되지는 않을지 걱정.

'마셔도 된다'라기보다, '마시면 좋겠다'라는 표현이 와 닿는다. 이나미는 재주도 좋게 테이블 밑으로 파고들더니 스르륵 내 바로 옆으로.

그대로 손에 든 잔을 내밀었다.

"자자. 후배가 권유하는 술이라고요? 귀여운 후배의 술을 못 마시겠다는 건가요."

"……. 나 처음이야……. 후배한테 술 강요당하는 거."

"에헤헤. 선배의 처음을 받아 버렸어요♪"

기쁜 것 같으면서도 슬픔밖에 없는 그 절도 사건은 대체 뭐야.

'선배도 일본주 좋아하잖아요. 마셔요. 마셔'라며 공유라는 이름의 강제를 당하고, 받아든 잔을 한 모금.

"오. 이거 맛있는데."

"그렇죠? 맛있다고요, 이 일본주."

그 미소, 술 생산자 분들에게 보여 주고 싶다. 그렇게 생각하게 될 정도의 천사 사양.

저래서야 메틸알코올을 추천받더라도 맛있다고 그럴 텐데.

그렇게나 감상을 공유한 게 기쁠까. '잠깐 실례할게요—'라며 내 근처에 있는 메뉴판을 회수한 이나미는, 같이 보자는 듯이 어깨를 붙였다.

"선배도 다음은 일본주를 주문해요. 전, 엄청 좋아하는 다이코쿠 마사무네—♪"

"아직 다 마시지도 않았는데 다음 술을 생각한다니……. 너, 본격적으로 음주 모드—, 앗! 내 맥주!"

그야말로 진심 음주. 이나미는 내 맥주를 회수하더니 맥주잔에 반 이상 들어 있던 맥주를 호쾌하게도 들이켰다. 광고라도 노리는 건가 싶은 수준으로, 순식간에 맥주잔은 텅 비고.

"응! 이걸로 선배도 일본주로 돌입할 수 있겠네요!"

"……만취하면 버리고 갈 거다?"

'아~잉, 버리지 마요~♪'라며 더욱 밀착하는 이나미는 이미 늦어 버렸을지도 모르겠다.

마시기 시작한 단계에서 늦었다고 생각했으니까, 한 시간 정도 지나자 돌이킬 수 없는 수준이었다.

"아~~~♪ 술은 맛있구나♪ 술은 즐겁구나♪"

신입 사원, 절찬 만취 중.

하얀 피부를 따끈따끈 붉게 물들이고, 시원시원하게 커다란 눈은 흐늘흐늘 풀어졌다. 벌어진 옷자락에서는 매끄러운 쇄골, 모양 좋은 가슴의 계곡이 안녕하세요.

당연하게도 내게 기대서, 완전히 응석받이 주정뱅이 모드였다.

"이나미, 그거 내 젓가락."

"무슨 소린가요, 선배. 젓가락은 당연히 가게 거잖아요~."

"아니, 그런 소리를 하는 게 아니고……."

"어라라? 이런 곳에 스타킹이 떨어져 있어??? 선배, 칠칠치 못해요! 이런 곳에 벗어던지고!"

"내가 입었을 리가 없잖아! 네가 벗어던진 스타킹이다, 바보 녀석!"

"아하하하핫! 선배 재미있어~~~~ ♪"

사라질까……. 못 참고 이 녀석을 날려 버리기 전에.

"마사토 선배 흉내, 해보겠습니다~~~!"

"어?"

무슨 장난질일까.

내 어깨에 계속 기대어 있던 이나미가 갑자기 자세를 바로 잡았다.

편안한 미소 돌변, 빠릿한 표정으로 말하는 것이었다.

"젊을 때는 죽기살기로 일해라. 제가 신입이던 시절, 부장님께서 해주신 '금언'입니다만."

"풉……!"

"아하하하핫! 선배 터졌다~~~ ♪"

이 자식…….

은혜를 원수로 갚는다고밖에 형용할 도리가 없잖아……!

'완전 똑같죠~~!'라며 꺄꺄 신이 난 이나미의 뺨을 꼬집지 않을 수가 없었다. 이걸 가지고 직장 내 괴롭힘이라고 한다면 법정 다툼도 꺼리지 않겠다.

주정뱅이의 통각은 죽었나 보다. 내가 꼬집었지만 헤실헤실 미소 그대로.

"그때 선배, 멋있었어."

"…………. 허어?!"

"멋있는 마사토 선배한테 돌격~~~~♪"

"!!! 너……!"

이나미가 내 무릎으로 무너져 내렸다?!

갑작스러운 무릎베개 플레이에 당연히 동요.

"엇, 야! 네가 무슨 고양이냐!"

"냐~앙♪"

'저는 사람을 잘 따르는 새끼고양이예요'라고 하는 것처럼. 이나미 고양이가 마킹을 하듯이 부드러운 뺨, 매끄럽고 향기가 나는 머리카락, 풍만한 가슴이나 잘록한 허리, 가냘픈 어깨나 가느다란 팔 등등 자신의 상반신을 남김없이 내게 스륵스륵 비볐다.

마킹 공격은 끝나도 무릎베개 공격은 지속 중. 내 허벅지 안쪽을 정 위치로, 이나미는 완전히 자리를 잡아 버렸다.

"너 말이지……. 이런 거, 다른 녀석들이 봤다가는 시말서 감이라고."

"선배의 무릎베개를 위해서라면, 시말서 따윈 값싼 대가예요."

"내 기분도 생각해 주겠어?"

"저기…… 반대로 제 무릎에 눕고 싶어요?"

'성가시네'라며 가볍게 촙을 날리자 이나미는 쿡쿡 어깨를 들썩였다.

응석을 잘 부리고 장난을 좋아하고. 그것이 평소의 이나미라는 후배.

그런데.

"저기, 선배."

"응?"

"오늘의 저, 역시나 너무 건방졌을까요?"

"건방져? 아아……."

한순간 뭘 묻는 것인지 이해할 수 없었다. 하지만 금세 진의를 이해하고 말았다.

"부장한테 대든 거 말이지."

정답이었는지 이나미는 고개를 끄덕였다.

"의외네. 너는 신경 쓰지 않을 거라 생각했는데, 신경 쓰고 있었구나."

"신경 쓴다고요. 신입 사원인 제가 직함이 있는 사람한테 대든 거니까요."

종업 직후의 일이 정말로 신경이 쓰이고, 불안한 거겠지. 그만큼 들떠 있었던 이나미가 어느샌가 조용해졌으니까.

어쩐지 이나미의 뒷모습이 작게 보이고, 무릎에 느껴지는 무게도 거의 느껴지지 않게 되어버렸다.

무심코 이나미의 머리에 손을 얹고 말았다.

"선, 배?"

"신경 쓰지 마. 부장이 무슨 소리를 하든, 내가 지켜 줄 테니까."

"……아!"

올려다보는 이나미의 눈이 한층 더 커졌다.

바보 같은 녀석이다. 열심히 노력하는 후배를 내버려 둘 리가 없는데.

내버려 둘 리가 없으니까.

"네게 마법의 말을 주겠어."

"마법의 말, 이라고요……?"

"어. 또 부장이 그러면 이렇게 말해 줘."

나도 취한 거겠네.

"'선배랑 마시러 갈 거니까, 부장님하고 갈 수는 없어요'라고."

이런 부끄러운 대사가 간단히 나와 버리니까.

그래도 수치심이 끓어오르는 걸 보면, 압도적 알코올 부족.

이나미의 반응을 볼 여유조차 없었다.

"어, 어쨌든! 내가 그만두면 가장 곤란한 건 그 인간이니까! 너는 날 실컷 이용하라는 거야!"

스스로도 '뭘 허둥대는 거야'라며 딴죽을 걸고 싶어진다. 차라리 이나미가 딴죽을 걸어서 헛소리로 만들어 준다면 좋을 정도였다.

하지만 이나미는 딴죽을 걸려고 하지 않았다.

그러기는커녕 엄청난 미소로 대답해 주지 않나.

"예♪ '정말 좋아하는 선배랑 마시러 갈 거니까, 부장님과 갈 수는 없어요'라고 말할게요!"

"!!! …………. ~~~으! 그, 그런 거야!"

부끄럽고, 솔직한 후배가 귀엽고. 이미 얼굴은 불타고 있을지도 모르겠다.

얼굴이 뜨거운 것은 술 때문이라며, 앞에 있는 잔을 움켜쥐고는 단숨에 마신다.

오늘의 술자리에서는 가장 화끈한 모습으로 마셨지만, 밑에서 올려다보는 이나미의 얼굴은 여전히 싱글싱글.

"저기저기, 마사토 선배."

"뭔데."

"하나만 정정해 주세요."

"?"

이나미가 몸을 돌려 옆으로 눕더니 까딱까딱 내게 손짓했다.

시키는 대로 얼굴을 가져다 대자 이나미가 내 귓가에 속삭였다.

"마사토 선배가 그만두면 가장 곤란한 건, 부장이 아니라 저라고요?"

"!!!"

"에헤헤……. 그 포지션만큼은 절대로 양보할 수 없어요♪"

나 이상으로 부끄러운 소리를 태연하게 전하는데…….

두렵도다, 신세대……!

이미 만취 상태, 다시금 들뜬 상태의 이나미로 돌아가더니.

"아하하하핫! 부끄러워하는 선배 귀여워~♪"

"뭐어어어?! 저, 정말로 그만둬 버릴까!"

"그만두지도 못하면서~♪ 어중간한 날 내버려 둘 만큼 차갑지도 않으면서~♪"

"~~~윽! 이 자식!"

"꺄~~~♪"

그 후, 잔뜩 잔소리했다.

아무런 의미도 없었지만.

※ ※ ※

이른 시간부터 마실 수 있는 화이트 기업이라면 2차, 3차로 넘어가겠지.

애석하게도 우리 회사는 블랙. 1차를 즐긴 것만으로 막차가 아슬아슬했다.

계산을 마치고 대로에서 역으로 가는 도중.

"싫어~~! 아직 선배랑 더 마시고 싶어! 이제 막 어두워졌는데!"

"반대야! 이미 캄캄한 거라고, 바보 녀석!"

아니나 다를까, 옆에 있는 이나미가 시끄럽다.

이 주정뱅이가 투정을 부리는 것은 매번 연례행사. 끝내는 전철에 쑤셔 넣는 것까지가 정해진 전개다.

"2차를 가고 싶다면, 화이트 기업에 들어가."

"2차를 가고 싶은 게 아닌걸. 마사토 선배랑 마시고 싶을 뿐인걸."

"귀여운 소릴 해도 안 되는 건 안 돼."

"싫어~!"

뭐하자는 녀석이냐. 올해로 세 살이 된 조카도 이 녀석보다는 분별력이 있을 거라고.

"있잖아. 주위에 있는 가게를 봐. 이미 셔터를 내리기 시작했잖아? 마시려고 해도 물리적으로 불가능해. ……응?"

무슨 일일까. 이나미가 걸음을 멈춰 버렸다.

그리고는 입술을 삐죽이고, 어느 방향을 힘껏 가리켰다.

"! 너, 너는……."

내가 부끄러워──, 어이없어하는 것도 무리는 아니었다. 이나미가 가리킨 곳은 대로에서 벗어난 옆길.

옆길을 들여다본 것만으로도 화려한 네온 불빛 간판이, '어덜티한 세계는 이쪽이에요'라며 음란한 공간을 연출하고 있었다.

호텔가로 이어지는 출입구였다.

이나미의 눈빛은 진지 그 자체.

"호텔이라면 막차를 신경 쓰지 않아도 되니까 잔뜩 마실 수 있어요. 회사랑 가까우니까 아침에는 느긋이 준비할 수 있고요. 합리적이에요!"

"합리적이라니 너——,"

"샤워도 할 수 있고요! 침대는 푹신푹신해서 푹 잠들 수 있겠죠!"

이나미. 이런 건, 보통 남자 쪽에서 뭔가 변명을 늘어놓으면서 유혹하는 거 아닐까——?

나랑 네 입장 반대 아닌가……?

평소보다 만취해서 그럴까.

"선배가 바란다면 팔베개도 할게요!"

"…………. !!! 파, 팔베개?!"

이나미 역사상 너무나도 다이렉트한 유혹.

취기를 날려 버리기에는 차고 넘쳤다. 그럼에도 불구하고 신입 사원의 테러 활동은 멈출 줄을 모르고.

"같이 목욕도 해요! 등도 씻겨 줄게요!"

"어헉?! 드, 등?!"

"저렴한 방이면 돼요! 핑크색 야한 방이든, 드러내기 힘든 취향의 방이든 저는 받아들일 수 있어요!"

"드, 드러내기 히, 힘들다니……!"

"선배가 바란다면 세일러복이나 간호사복도 입을——,"

"~~~~으! 이 바보가! 취한 기세로 폭탄을 던져 대지 말라고!"

"안 취해도 같은 말 할 수 있는걸!"

"더더욱 질이 나빠!"

이 녀석, 뭐야! 호감도 120%의 야겜 히로인이냐!

'호텔! 선배랑 호텔 갈 거야~!'라며 떼를 쓰는 구도가 너무나도 수라장 그 자체였다. 지나가는 직장인들의 '부러운 자식'이라는 시선이 너무나도 지옥 그 자체였다.

그렇지만 말이다. 지옥에서 풀려나기 위해서 천국(호텔)으로 직행해서는 안 된다.

나는 교육 담당, 이나미는 후배.

그 이상도 이하도 아니다.

사내연애가 어떻고 이전에, 이나미는 내게 소중한 후배인 것이다. '취한 기세로, 그만 즐겨 버렸습니다'라며 상처를 주고 싶지는 않다.

바로 그렇기에, 대답은 NO.

"자. 냉큼 돌아가자고."

멈춰 선 이나미의 팔을 잡아당겼다.

하지만 이나미는 미동도 하지 않았다.

"……약속했으면서."

"뭐?"

이나미의 입에서 흘러나온 폭탄발언에 그만 굳어 버렸다.

약속했어……? 내가 이나미랑 호텔에 갈 약속을?

언제? 어디서?

"아니아니아니. 약속 같은 건 절대로 안 했──."

"선배는 바보."

"엉?!"

슬픈 소식. 후배한테 바보라고 불렸다.

평소라면 교육적 지도로 딱밤 한두 방은 날렸을지도 모른다.

사실은 지금도 날리려고 했다.

하지만 말이다. 실행할 마음이 사라져 버렸다.

이나미의 얼굴을 직시하고 말았기에.

"이나미……?"

삐진 것처럼 굳게 다문 입술, '어째서 기억 못 하는 거야?'라고 이야기하는 것만 같은 커다란 눈, 결의를 증명하듯이 꽉 움켜쥔 양손.

결코 농담이나 거짓말을 하는 것처럼 보이지는 않았다. 그만큼 어스름한 밤, 등 뒤의 네온 불빛을 받는 이나미의 표정은 진지 그 자체.

약속을 나눈 기억 따위는 전혀 없지만, 이나미를 직시하면 할수록 '취한 기세로 전에 뭔가 말해 버렸던가……?' 하고 불안해졌다.

기억을 더듬는 것을, 이나미는 허락해 주지 않았다.

"우어?!"

기습이었다.

이나미를 잡아당기려고 붙잡은 손을, 이나미 쪽에서 반대로 힘껏 잡아당겼다.

균형을 잃고 앞으로 몸을 숙이자 필연적으로 이나미의 얼굴이 눈앞에.

"마사토 선배⋯⋯."

반사적으로 마른침을 삼키고 만 스스로가 한심했다.

거리가 좁혀진 것만으로, 이름을 불린 것만으로 심장의 고동이 빨라져버린다.

'귀여운 후배'를 '한 사람의 여성'으로 보고 만다.

보고 말았기에 끝내, 기대와도 닮은 감정이 가슴속에서 치밀어 올랐다.

그리고 커다란 눈동자에 눈물을 글썽이는 이나미가 말을 건넸다.

"기분 나빠."

"⋯⋯⋯⋯. 어?"

제 얼굴, 얘기인가요⋯⋯?

"너무 마셔서, 기분 나빠요⋯⋯."

"⋯⋯⋯⋯. 뭐어어어어?!"

이나미, 조금 전까지의 진지한 표정은 어디로 갔니.

알코올이 돌아서 붉게 달아오른 몸은 어느샌가 새하얗고. 아니, 새파랗고. 무언가에 부딪힌 순간, 게임 오버가 될 것만같이 삶의 기백이 느껴지지 않는다. 진짜로 역류 5분 전.

귀여운 후배도, 한 사람의 여성도 아니다.

그저 주정뱅이다.

아웃 직전의 이나미가 최후의 기력을 짜내어서 어느 건물을 가리켰다.

"역시, 호텔 가죠……? 네?"

"네, 가 아니라고?!"

사태는 일각을 다투고, 근처 화장실로 밀어 넣은 것은 말할 필요도 없었다.

막차를 놓친 것은 더더욱 말할 필요도 없었다.

4화: 기억나지 않습니다. ……정말로?

아무리 밤늦게까지 마셨을지라도, 회사가 존속되는 한은 출근해야만 한다.

"이것 참~~, 어제는 죄송했어요 ♪"

"……."

죄송하다는 녀석의 얼굴이 아니잖아.

어째서일까. 어젯밤, 새파랬던 이나미의 얼굴은 반들반들, 매끈매끈.

업무 시간 전부터 엔진 전력 개방. 기운차게 양손을 맞대는 모습은 틀림없는 평소의 이나미 나기사였다.

물론 그 후로 엉망진창 섹스를 한 것도, 24시간 영업하는 찜질방&스파에 가서 디톡스를 한 것도 아니다.

이나미를 보살핀 뒤, 택시에 쑤셔 넣고 집으로 강제 송환했을 뿐.

"너, 어젯밤에는 죽어 가던 거 아니었냐. 어떻게 그렇게 멀쩡한데."

"? 물 잔뜩 마시고, 하룻밤 푹 자면 상쾌해지지 않나요?"

"……."

얼마 전까지 대학생이던 녀석의 회복력이란 건 무시무시

하다…….

아니, 이 녀석의 알코올 분해 능력이 상식 밖일 뿐이겠지.

학창 시절의 나를 생각해 봐도, 잔뜩 마신 다음 날에는 숙취로 변변히 강의를 받을 체력 따윈 남지 않았다.

강철의 간을 가진 이나미는 사축보다 권투 선수가 되는 편이 낫지는 않을까. 리버블로를 날린 상대의 주먹을, 역으로 분쇄골절 시킬 수 있을 테니까.

"저기저기, 마사토 선배. 오늘은 어디로 마시러 갈까요?"

"너는 간도 좀 쉬어야 한다는 걸 모르냐!"

'엥—!' 하고 입술을 삐죽이는 이나미에게는, 귀여움보다 두려움이 더 컸다.

이 이상 알코올 몬스터 이나미의 모습에 동요하는 것은 체력 낭비. 대전제로, 잔업에 쓸 만큼의 체력은 확보해 두고 싶으니까.

무엇보다도 말이다.

"그보다도 이나미."

"예?"

어리둥절해서 고개를 갸웃거리는 이나미에게 쭈뼛쭈뼛 묻고 말았다.

"혹시 내가 너랑, 옛날에 터무니없는 '약속'을, 한 적이 있었냐……?"

어젯밤, 호텔 근처에서 이나미가 건넨 말, 진지한 표정이 뇌 내에서 선명하게 재생되었다.

'……약속했으면서.'

지금까지도 약속의 내용이 참을 수 없이 신경 쓰였다.

너무나도 신경 쓰여서 어젯밤 꿈에 나왔을 정도였고, 아침에 눈을 뜨자 '약속이라니 뭐냐고……?'라는 글자가 천장에 적혀 있다고 착각했을 정도. 만원전철 안에서 시달릴 때에도 이하동문.

당연히 신경이 쓰인다. 내가 언제, 어디서, 무엇을 구체적으로 약속했는지 전혀 기억이 안 나니까.

술자리, 취한 기세로 '다음에는 야한 거 하자고'라며 유혹해 버렸나.

혹은 납기에 쫓겨서 컴퓨터랑 씨름하는 틈에, '호텔 가요'라는 이나미의 권유에 건성으로 대답해 버렸나.

아무리 계속 고민해도 떠올릴 수가 없었다.

그래서 이나미의 입으로 진상을 듣는 것 말고는 방법이 없는 것이었다.

나로서는 스스로가 완전히 빌어먹을 인간인지 아닌지를 결정짓는 중요한 장면.

피해자(?)인 이나미는 어떨까.

"약속? ……아~~."

"아~~, 라니 너……."

'그런 일도 있었네요'라고 그러듯이. 어제 일임에도 불구하고 몇 년은 전의 일처럼 그리움을 느끼는 지경.

허탕에도 정도가 있다. 그만큼 진지한 표정, 진심으로 토라졌던 이나미는 어디로 갔는지.

그리고는 평소처럼 싱긋 미소로 말해 버렸다.

"그 일은 잊어버려도 괜찮아요!"

"허?"

"그보다도, 잊어버리죠♪"

"…………. 뭐야?!"

내 역사상 최대의 맥 빠진 얼굴에, '선배 얼굴, 재밌어~♪'라며 이나미가 깔깔 대폭소.

"아니아니아니! 그렇게나 의미심장한 표정으로 그랬는데, 잊을 수 있을 리가 없잖아!"

"그런 소리를 해도. 으~~음……. 어째서 어제의 저는 그런 소리를 해버렸을까요?"

"묻고 싶은 건 나야! 그보다, 너까지 잊어버리면 곤란하다고!"

"미안해요. 잔뜩 마셨으니까 잊어버렸어요!"

"틀림없이, 거짓말이야!"

능청떠는 태도로 간호사를 성희롱하는 노인처럼.

알코올 몬스터가, 취한 척 시치미를 뗐다.

혀를 날름 내민 포즈로 시치미 떼는 이나미의 두 어깨를 붙잡으며, '괜찮아! 너라면 떠올릴 수 있어!'라고 마구 흔들었지만 역시나 이나미는 입을 열지 않았다.

그러기는커녕 흐냐~ 녹아내린 표정으로.

"에헤헤♪ 아침부터 마사토 선배가 스킨십을 해주다니 행복하구나~♪"

"릴랙스할 틈이 있다면 떠올려! 그리고, 은근슬쩍 안겨들지 말고!"

"아이잉~♪"

더욱 밀착하려고 드는 이 녀석의 머릿속을 조사할 수 있다면 얼마나 편할까.

"여전히 너희는 사이가 좋구나."

"앙?! 이게 어디가──, 앗……."

틀림없이 이나바가 그런 거라고 생각했다.

때는 이미 늦어서.

단정한 얼굴에 한가득 퉁명스러운 표정을 지은 그녀가, 내 뺨을 가볍게 꼬집었다.

"응─? 선배한테 건방진 소릴 하는 입은, 이·걸·까·나?"

"해, 해홍합히하(죄, 죄송합니다)……."

솔직히 사과하자 뾰로통한 표정에서 돌변. 자신의 입술에 손가락을 대고서 쿡쿡 웃었다.

그 손가락은 몇 초 전까지 내 뺨에 닿아 있었던 만큼, 조금 두근거리는 것은 남자의 본성.

"안녕하세요, 스즈모리 선배."

"응, 안녕. 업무 중 과도한 스킨십은, 안 되니까 말이지?"

"알겠습니다──! 시작 전에 달라붙을게요─♪"

"때린다, 인마."

우리 모습을 흐뭇하게 바라보는 그녀의 이름은, 스즈모리
쿄카.

두 살 연상의 선배이자, 우리 회사의 의지할 수 있는 리더
격인 존재다.

오늘은 내근인지 낙낙한 실루엣의 블라우스에, 꽉 조인 웨
이스트가 도드라지는 타이트스커트의 청초한 코디네이트.

팔찌 같은 손목시계와 발목까지 장식하는 스트랩 펌프스,
길고 윤기 나는 흑발 스트레이트 등등. 심플하면서도 하나
하나에 강한 고집을 느꼈다.

패션에 그다지 흥미가 없는 나조차 센스가 좋다고 생각하
니까, 상당한 멋내기 상급자겠지.

예쁜 누님. 그 한마디로 충분했다.

오늘도 커리어 우먼의 대명사, 출근길에 스타벅스를 들렸
는지 스즈모리 선배의 손에는 커피 컵이 들려 있었다.

"좋네요. 나도 유능한 여자를 목표로, 스타벅스 다닐까."

"그만둬. 모양새부터 따라해 봐야 어차피 오래 안 가니까."

"으음, 경험자의 이야기라는 건가요?"

"?! 시, 시끄러—!"

"아하핫! 나기사, 그야말로 정답이었나 보네!"

젠장……. 너무나도 그 말씀 그대로라서 괴롭다…….

한바탕 웃은 스즈모리 선배는 만족한 모양. 장지갑을 열더니 그대로 무언가를 이나미에게 건넸다.

"정답을 맞힌 나기사한테는, 커피 티켓을 프레젠트."

"와! 괜찮나요?"

"응. 이걸로 좋아하는 걸 마시면서, 출근길 스타벅스 도전해 봐."

"만세—♪ 당장, 내일 아침에 다녀올게요!"

일본주 한 잔에도 무척 기뻐하는 이나미, 커피 한 잔에도 기뻐하니. 값싼 여자 이곳에 있도다.

뭐, 솔직하게 기뻐하는 이나미이기에 남녀노소 불문하고 인기가 있는 거겠지만.

"흐흐—응♪ 마사토 선배 부럽죠—♪"

인기인한테, 엄청 한 방 먹이고 싶다.

"스즈모리 선배. 이 녀석한테 너무 잘 해주면 안 돼요. 나날이 건방져진다고요."

"어—. 하지만, 나기사한테 가장 다정한 건 카자마 군이잖아?"

"……"

"앗. 경험자의 이야기다—♪"

"……저, 울 거라고요."

'미안, 미안' 하고 선배는 양손을 맞댔지만, 쿡쿡 웃고 있는 만큼 설득력 전무.

"괜찮아. 후배는 건방진 정도가 귀여운 법이니까."

"으~음……, 그런 건가요……?"

"그런 거야. 그게 말이지, 내가 처음 교육한 후배도 그럭저럭 건방졌지만 귀여웠는걸."

"…………그 후배라는 거, 저겠죠……?"

"글쎄, 어떨까♪"

어떻고 자시고, 당신이 처음 교육한 후배는 나밖에 없을 텐데.

내가 처음 교육한 후배.

……응, 최강으로 야한 울림이구나…….

"아━━━━앗! 마사토 선배, '처음 교육한 후배'라는 울림에 틀림없이 흥분했어! 지금, 콧구멍이 벌름거렸어!"

"?! 시, 시시시시끄러━! 너는 선배를 배려하지도 못하는 거냐!"

"카자마 군……, 굉장히 큰 부메랑이 돼서 날아왔으니까 말이지……?"

너무나도 그 말씀 그대로라서 괴롭다.

아무리 떠들어 봐야 뒤통수에 날아온 부메랑이 더 깊이 박힐 뿐.

"??? 마사토 선배, 어디 가요?"

"……자판기에 커피 뽑으러."

애수가 감도는 뒷모습을 선보이며 1층에 있는 자판기를 향해 걷기 시작했다.

도망치는 게 아니다. 결코.

이만큼 잔뜩 휘둘렸다. 이나미한테 어젯밤의 일을 다시 물어볼 기력 따위가 남아 있을 리도 없다.

그렇다고 할까, 결말에 따라서는 진짜로 운다.

5화: 세워 놓은 스케줄, 한순간에 붕괴할 조짐

블랙 기업일수록 기업의 체제가 조잡한 것은 말할 필요도 없다.

사풍이 '인원 부족은 기합과 잔업으로 넘어서자'라는 의문의 스탠스. 직원의 기력과 체력이 다 떨어질 때까지 헤비 로테이션만 계속 돌리는 무자비한 사양. SCH(사축)48*.

당연히 블랙 기업에 솔선해서 입사하려는 맹자 따윈 있을 리가 없다. 있다면 어지간히도 이상한 사람이나 지독한 마조히스트뿐.

그렇다면 어떻게 상층부의 인간들은, 신입이나 경력직의 길 잃은 새끼 양들을 자사로 끌어들이는가.

해답은 간단. 얼버무리는 것이다.

구인 사이트의 대우란에 '나쁜' 것을 자못 '좋은' 것처럼 기재한다.

예를 들자면.

· 시간 외 수당 있음. (전부 지불한다고 하지는 않는다.)

· 평균 월 잔업 30시간. (바쁜 시기에는 매일 막차 아슬아슬, 빨리 돌아가는 것은 상층부뿐.)

· 어려도 적극적으로 기회를 줍니다. (책임을 지지 않아

---

*일본의 아이돌 그룹인 AKB48의 패러디. 지역 기반의 아이돌 그룹 형식이었으나. OJI(아저씨)48 같은 테마 그룹도 만들어졌다.

도 된다고 하지는 않는다.)

등등. '마술사냐'라고 딴죽을 걸고 싶어질 만큼 사실을 그저 감춘다.

'가족 같은 직장입니다'라는 문구가 적혀 있는 회사는 요주의. 바이오의 가족 펀치 아저씨*에게 필적할 정도, 공허하게만 느껴지는 가족이 기다릴 가능성이 높겠지. 출처는 우리 회사.

도리어 열악한 환경을 어필한다면 터프한 구직자가 모이지는 않을까.

'하루하루의 격무는 당연! 성희롱을 하거나 괴롭히는 부장이랑 계장들도 다수 재직 중! 수당은 안 나오지만 바쁜 시기에는 주말 출근도 부탁함다!!!'

채용 페이지도 그렇다. 미인 사원들의 화기애애한 장면만 실을 게 아니라, 흡연실에서 연기와 한숨을 내뱉는 30줄 사원들을 싣는 편이 도리어 깔끔한 법.

혹시 내가 이직 활동을 한다면, 그런 깔끔한 블랙 기업이 있다면 이력서를 보낼까.

응……. 절대로 안 보낸다.

※ ※ ※

당연하지만 업무 방식은 천차만별이다.

---

*바이오하자드 7에 나오는 적 캐릭터인 잭 베이커. '가족이 된 걸 환영한다'라는 대사와 함께 주먹을 휘두르는 장면이 유명하다.

아침에 메일 체크로 시작하는 사람도 있고, 모든 업무를 정리한 다음에 메일을 체크하는 사람도 있다.

쉬운 업무부터 순서대로 진행하는 사람도 있고, 어려운 업무부터 순서대로 진행하는 사람도 있다.

좋아하는 것은 마지막에 먹는 타입인 나로서는, 처음에 자잘한 업무를 정리하고 마지막에 중요한 업무에 집중해서 몰두하고 싶다.

그러니까 오전 중으로 가벼운 업무를 샤샥 정리하지 않겠느냐.

의기양양하게 노트북을 달칵달칵하고 있었더니.

"카자마—."

"예?"

돌아보니 대머리 부장이 있었다.

"요전에 부탁한 수정 의뢰서, 오늘이 마감이었어. 미안, 미안."

"예……?"

"괜찮아! 너라면 할 수 있어!"

"……."

'가능한 빨리 해줘—'라는 말을 남기고, 오늘 몇 번째인지 모를 흡연실로 잽싸게 후다닥.

세워 놓은 스케줄, 한순간에 붕괴할 조짐.

"저, 저 대머리 진짜……!"

지금 당장 흡연실로 뛰어들어서 약점을 훤히 드러낸 두피에 사직서를 던져 줄까……!

주위에서 일하는 사원들의, '이 얼마나 애통하십니까'라는 뜨듯한 시선이 여실히 전해졌다. 싸늘한 시선이라면 끓어오르는 이 기분도 조금은 식힐 수 있었을지도 모르는데.

갈 곳 없는 스트레스를 한창 느끼는 사이.

슥, 내 머리를 다정하게 쓰다듬는 사람이 약 한 명.

이나미였다.

"가여운 마사토 선배……. 제가 쓰다듬어 줄게요."

"지금 나는 굉장히 기분이 나빠. 지금 당장 떠날지, 세단기에 처박힐지 정해."

"어. 저를 세단기에 넣고 싶다는 건……. ! 저를 엉망진창으로 만들고 싶다는 건가요?! 어, 어쩔 수 없네요! 마사토 선배가 상대라면 엉망진창으로 당해──."

"스캐너로 머릿속을 조사하고 와라, 바보 녀석!"

머리에 나사가 하나 빼고 모조리 빠진 거 아니냐, 이 녀석은. 옆자리의 미야다 군이 커피를 뿜을 뻔했잖아.

"죄다 OA기기로 예시를 드는 만큼, 마사토 선배는 뼛속까지 사축이네요──."

"시끄러워. 그보다도, 사무 용품을 OA기기라고 부르는 너도 꽤나 사축인데."

"논논논."

"엉?"

"제 경우, 부를 때 멋있으니까 OA기기라고 말하는 것뿐이에요!"

"득의양양한 그 표정을, 지금 당장 복사기로 인쇄해 주고 싶네……."

'같이 얼굴 가져다 대 주시나요?'라며 이나미가 스티커 사진마냥 포즈를 취했다.

왜 호나우지뉴가 골을 넣었을 때의 세리머니 포즈일까. 그립네.

"그래서, 나한테 무슨 용건이야?"

"아. 스스로 조사해 볼 테니까 괜찮아요."

"뭐?"

무슨 소리를 하는지 이해할 수가 없어서 고개를 갸웃거리자 이나미는 면목 없다는 듯 쓴웃음 지었다.

"신규 제안서 작성 방법 중에 모르는 부분이 있어서, 마사토 선배한테 물어보려고 했거든요. 그런데 바쁜 일이 들어온 모양이니까."

그렇구나. 나한테 질문을 하러 온 참에, 부장에게 새치기를 당한 느낌인가.

그래서 날 배려하는 거라고.

안심했다. 내 상처를 파내려고 다가온 것만이 아니라서.

"그럼 저는 이만——."

"그래서, 제안서 어딜 모르겠다는 거야?"

"예?"

내 말이 예상 밖이었나 보다.

'자, 빨리 말해 봐'라고 눈으로 호소하자 이나미는 떨떠름하게 대답했다.

"그, 그게 말이죠. 리마케팅 광고의 시뮬레이션 방법 말인데요……."

"아―. 리마케팅 쪽은 아직 안 가르쳐 줬구나."

시간을 확인하니 열 시를 지날 무렵.

"틈틈이 가르쳐 줄 수 있는 것도 아니니까, 그래……. 미안하지만, 오후 업무 시간에 해도 될까?"

"저는 시간 있으니까 언제든지― 어, 아니아니아니!"

하마터면 넘어갈 뻔했다, 그렇듯이 이나미가 맹반발했다.

"이 이상, 마사토 선배에게 수고를 끼칠 수는! 저, 하면 할 수 있는 아이니까 개의치 말고!"

"자기 입으로 말하지 말라고."

"하지만――."

"있잖아, 이나미."

"?"

"네 교육 담당은 누구지?"

허둥대던 이나미가 나를 빤히 응시했다.

그리고, 그대로 체념한 것처럼 입술을 삐죽이고서 중얼거렸다.

"……마사토 선배요."

"그렇지? 그러니까, 네가 배려할 필요 따윈 없다고."

이 녀석은 착각하고 있다. 처음부터 스케줄에 들어 있었다. '이나미를 교육한다'라는, 보이지 않는 스케줄이.

"부장의 의뢰서 작성이랑 너한테 방법을 가르쳐 주는 거라면, 작업량은 별반 다를 게 없다고 생각해. 하지만 말이야."

"하지만?"

"대머리 건 귀찮은 일이고, 네 건 투자라고."

똑똑한 이나미니까 금세 깨닫겠지.

커다란 눈을 한층 더 크게 뜨는 신입 사원을 제쳐 놓고, 스케줄을 수정하고자 키보드를 두드렸다.

"몇 년 뒤의 네가 전력이 되어 빠릿빠릿하게 일을 해준다. 그 결과, 내가 편해진다. WIN-WIN이라는 거지."

투자가 결실을 맺을 확증 따윈 없다. 일 년도 안 되어서 그만둬 버리는 후배도 있었고, 더 큰 성공을 바라고서 직종을 바꾸는 후배도 있었다.

솔직히 말해서, 그건 그것대로 상관없다. 그 녀석이 선택한 길이니까 응원하고 싶다는 생각조차 있다.

이직률이 높은 블랙 기업의 교육 담당 따윈, 비용 대비 효율을 생각하면 영 맞지 않을지도 모른다.

그래도 말이다. 그래도 나는 교육 담당을 그만두고 싶다는 말은 하지 않는다.

이유는 지극히 심플. 생산성이 없는 대머리 부장의 뒤처리보다도 장래성 있는 후배를 돌보는 편이, 훨씬 유의미하니까.

요컨대 이나미의 성장을 가까이서 볼 수 있는 시간은 전혀 고통스럽지 않다는 것.

잔업 따윈 덤비라고 할 수 있을 정도로.

이런 부끄러운 이야기는, 죽어도 입 밖으로 꺼내진 않겠지만.

"그래서 말이야. 분하다면 자칭 하면 할 수 있는 아이가 아니라, 자타공인 하면 할 수 있는 아이까지 성장——."

"마사토 선배……."

"응?"

"그러니까 정말 좋다구요!"

"어엉?! 으어……!"

지극히 감격한 이나미, 샤————악! 하고 바퀴 달린 사무용 의자가 대이동할 정도의 다이빙?!

내 위에 걸터앉은 이나미의 가슴이, 내 안면에 저스트 핏. 파묻히면 파묻힐수록 '헤드록은 아픈 것'에서 '헤드록은 기분 좋은 것'으로 뇌 내 Wiki가 편집되어 버린다. 참고 문헌, 나.

"저, 언젠가 마사토 선배를 잔뜩 부려먹을 수 있을 만큼 출세할게요!"

"은혜를 원수로 갚으려고 들지 마! 그보다, 은근슬쩍 끌어안지 말라고!"

"은근슬쩍이 아니에요! 정정당당이에요!"

"더더욱 질이 나빠!"

선배 상사에게 성희롱을 하지 않도록 교육할 필요도 있는 걸까…….

이제 그만 떨어지라고 손을 내젓자, 어째서일까.

"마사토 선배, 마사토 선배."

"???"

생글생글 미소인 이나미가 얼굴을 더욱 가져다 댔다.

그리고, 귓가에 속삭이는 것이었다.

"앞으로도, 저를 제대로 교육해 달라고요?"

"뭐──……!"

"아하핫♪ 마사토 선배 얼굴 빨개졌다~~♪"

"~~~~윽! 이 빌어먹을 꼬맹이가~~!"

이후로, 엉망진창 잔소리했다.

게다가 그 후, 스즈모리 선배한테 엉망진창으로 잔소리를 들은 것은 말할 필요도 없다.

내가 잘못한 걸까…….

6화: 기획 안건, 죽을 만큼 칼로리 소모 조짐

"엑. 제 안, 통과됐습까?"

어지간히도 얼빠진 목소리가 나온 걸까. 나를 호출한 장본인, 스즈모리 선배는 입가에 손가락을 대고서 쿡쿡 웃었다.

"네 안, 통과돼쓰."

어른스러운 누님의 장난기 어린 말투가 멋지심다.

무엇에 놀라고 있느냐면, 내가 이전에 제출한 안이 채용되었으니까.

이른바 사내 공모라는 녀석이다. 내 나름대로 확률이 높을 것 같은 업종을 리스트로 정리하고, 세세한 이유를 첨부해서 제출한 기억이 있다.

"설마 카자마 군, 적당히 만들었다고 그러진 않겠지?"

"다, 당치도 않아요! 이번에는 비교적 진심으로 만들었다고요!"

"흐─응. '이번에는' 말이지─."

"……."

성숙한 누님의 날카로운 눈빛이 무서운데 귀엽슴다…….

단정한 얼굴이 다가오면 올수록, 지난번 제안서 작성의 기억이 컴백.

'이런. 공모 마감, 내일이잖아―'라며 마감 직전임을 깨닫고, FPS를 하면서 적당히 생각했습니다.

'뭐, 상관없나! 어차피 임의 참가니까!'라고 캔 맥주 마시고서 배짱을 부렸습니다.

그다음 날. 너무나도 안일한 제안서라고, 스즈모리 선배에게 엄청 혼났습니다.

그래서 이번에는 진지하게 생각한 제안서였다.

나님, 전력으로 얼버무리―, 결의 표명.

"다음 공모'도' 열심히 하겠습니다!"

"그거, 이미 과거의 과오를 인정해 버리는 거지……?"

"……헤헷."

"헤실거리지 마, 바보."

가볍게 뺨을 꼬집고서 교육적 지도. 징계로서는 전혀 아프지 않고, 오히려 가늘고 부드러운 손가락으로 말랑말랑 만질수록 헤실거리는 미소가 수줍은 미소로.

남자라는 생물은 예쁜 누님에게 저항할 수 없으니까 어쩔 수 없다.

교육적 지도라는 이름의 서비스 타임이 끝나고.

"그래서 말이지. 당장 할 수는 없겠지만, 늦어도 다음 달 초까지는 본격적으로 시작했으면 하는 안건이니까. 그럴 생각으로 스케줄 조정 부탁할게."

"예에."

"??? 왜 맥 빠지는 대답이야?"

"그게."

"그게?"

"이 녀석도 참가한다는 거, ……겠죠?"

고개를 갸웃거리는 스즈모리 선배한테서, 오른쪽 옆에 있는 '이 녀석'으로 시선을 옮겼다.

"만세─♪ 마사토 선배랑 공동 작업이다─♪"

뒤꿈치가 들릴 정도로 만세삼창 하는 인물의 이름은 이나미 나기사.

그렇다. 이나미도 나와 같은 타이밍에 호출된 것이었다. 하물며 내 안이 통과되었다고 들었을 때, '오─! 굉장해!'라며 짝짝 박수를 쳐주었다. 고맙네.

감사하는 기분은 있지만.

"마사토 선배. 같이 열심히 해요!"

"이의 있소!"

"어째서?!"

그야 그렇잖아.

이의를 제기한 상대는 당연히 스즈모리 선배.

"아무리 그래도, 이나미한테 일을 도우라고 하는 건 너무 이르지 않나요?"

경험한 적이 있는 사람이라면 아플 만큼 잘 알 거라 생각한다.

사축에게 흔한 이야기.

기획 안건. 죽을 만큼 고생한다.

'걱정'이라는 표현이 가장 적절하겠지. 조금 더 솔직하게 말해 버리면, 이나미가 망가져 버리지는 않을지가 걱정이었다.

"기획에 협력을 받기보단, 이나미는 지금 맡고 있는 일의 퀄리티를 높이는 편이——."

"카자마 군."

"어, 예?"

나도 모르게 사팔뜨기가 되어버렸다.

스즈모리 선배의 검지가 천천히 다가왔으니까.

그리고 내 콧등을 달칵달칵 더블 클릭하면서 말했다.

"너는 무슨 과보호하는 부모냐고."

"⋯⋯예?"

무슨 딴죽이지?

농담성으로 미소를 짓고 있지만, 스즈모리 선배로서는 더 없이 진지한 모양이라.

"말하고 싶은 건 알겠다고? 하지만 나기사는 내가 봐도 굉장히 뛰어난 아이이니까, 이쯤에서 큰 경험을 쌓아야 한다고 생각해."

"그렇게 말씀하시면, 으으음……. 그건, 그럴지도 모르겠지만……."

"이유는 그것만이 아니야."

"예?"

스즈모리 선배는 데스크에 놓여 있던 프레젠테이션 자료를 펼쳤다.

내가 만든 것이었다.

"나 있지. 카자마 군이 제안한 업종 리스트 중에서도, 주얼리나 액세서리 관련 판매점에 주목한 부분이 특히 마음에 들거든."

"! 가, 감사함다."

선배 상사에게 칭찬을 받는 것은 역시나 기쁘고 겸연쩍다.

그 이상으로 부끄러웠다.

"이 페이지는, 나기사가 쉽게 활약할 수 있는 곳을 고른 거겠지?"

"…………." "어, 저요?"

부끄러운 이유. 스즈모리 선배는 훤히 꿰뚫어 본 모양이니까.

허둥지둥 상태인 이나미가, 생글생글 표정의 스즈모리 선배에게 물었다.

"??? 무슨 이야긴가요?"

"신인인 나기사한테는 자주 전화 영업을 맡기고 있지."

"아, 예. 오늘도 신규 고객분 확보를 위해서 전화했어요."

'그렇다면 문제'라며 스즈모리 선배가 검지를 세웠다.

"혹시 나기사가 반대 입장, '제안을 하는 쪽'이 아니라 '제안을 받는 쪽'이었다고 칩시다. 그럴 경우, 어느 쪽의 이야기를 듣고 싶을까?"

이나미가 경청 자세에 들어가자 스즈모리 선배는 계속 이야기했다.

"첫 번째는 광고 대리점에 막 입사한 신입 A 양. 두 번째는 애교도 신선함도 사라진, 근속 5년차 베테랑 사축 B 군."

어째서일까나……. B 군에게 무척이나 친근함을 느끼고마는 건…….

"그건, 그렇네요. 역시, 지식이나 경험에서 앞서는 마사토 선배를 고르겠어요."

"B 군을 고르라고, 이 녀석."

마사토 선배든 B 군이든 정답인지, 스즈모리 선배는 쿡쿡웃었다.

"그렇지. 자기 회사를 맡길 수도 있겠다고 생각한다면, 당연히 커리어가 긴 사람의 이야기를 듣고 싶겠지."

작게 끄덕이는 이나미는, '그 벽'을 한창 경험하는 중이겠지.

그렇기에 스즈모리 선배의 말이 제대로 박혔다.

"하지만 말이지,"

"하지만?"

"젊은 아이나 화려한 걸 좋아하는 사람을 타깃으로 하는 회사였다면, 신입인 A 양이라도 괜찮을 승부가 될 것 같지 않아?"

"⋯⋯⋯⋯앗."

특대 힌트를 받고 이나미의 표정이 번뜩였다.

"화, 확실히 그러네요! 목걸이나 반지를 다루는 회사라면, 광고 지식이 부족한 저라도 마사토 선배와 승부할 수 있을 것 같아요!"

"시끄러—! B 군이랑 승부하라고, 바보 녀석!"

어쨌든.

간신히 깨달았나 보다. 어려도 승부할 수 있는 일을.

아닌가. 조금 더 빨리 알아차려야 하는 건, 이나미가 아니라 우리 선배나 회사 쪽이니까.

'신입 사원이니까.'

이 말이 허락되는 것은 자신의 회사뿐. 거래처의 입장에서는, '알 바 아니잖아—'라는 이야기다.

자랑은 아니지만, 우리 회사보다 뛰어난 광고 대리점 따위는 썩어빠질 만큼 있다.

비용이 저렴하거나, 고품질 광고 서비스거나, 근속 20년의 대베테랑이 재직하고 있거나.

'당사는 아무것도 없습니다'로는 논외. 그렇다면 다른 부가가치로 승부할 수밖에 없다. 해야만 한다.

이것저것 시행착오를 거친 결과, 이번에는 이나미를 모델 케이스로 생각해본 것이었다.

근본적인 개혁이 되지는 않을지도 모른다. 하지만 젊은 세대, 이나미도 흥미 있는 분야라면 모티베이션을 유지하는 것 정도는 가능하겠지.

두려운 것은 제안서를 가볍게 훑어본 것만으로 알아차려 버린 스즈모리 선배.

"이런 느낌의 해석이면 될까, 카자마 군."

"예, 옛. 잘 이해하셨네요."

"이 페이지만 담긴 열기가 달랐는걸. 네 나쁜 버릇이네."

"으……! 미처 몰랐어요……."

제대로 탈탈 털려서 부끄러우니까, 이만 내 자리로 돌아가고 싶다…….

엎친 데 덮쳐드는 해머.

"마사토 선배!"

"우억?!"

갑자기 옆에 있던 이나미가 양손으로 나를 붙잡았다. 그대로 끌어당기니, 의욕으로 넘쳐나는 반짝반짝 눈동자에 빨려들 것만 같다.

"저도 돕게 해주세요! 지금 이야기를 들었으면, 당연히 돕고 싶다고요!"

너무나도 예상 그대로의 발언.

그야 그렇겠지. 스포일러를 당해 버렸다면, 이 신입 사원이 나를 패스해 줄 리가 없다.

시스템만 이쪽에서 만든 다음, 그대로 넘기려고 했던 게 이 꼴이 되었다.

당신 탓이라고요. 그런 심정에 스즈모리 선배 쪽으로 시선을 옮겨도.

"나도 도울 수 있는 건 최대한 도울 테니까. 알겠지?"

후배와 선배. 조르기 드림팀 실현.

양손으로 꽉 붙잡고서 동그란 눈으로 바라보는 귀여운 계열과, 양손을 맞대고서 고상하게 입가를 끌어올린 예쁜 계열.

무엇이 가장 화가 나느냐면, 살짝 고양되어 버린 스스로였다.

번뇌를 가라앉히려면 선택지는 굽히는 것밖에 없었다.

"아, 알겠어요……."

"만세—!" "잘됐네♪"

사회인이라기보다 사이좋은 자매 느낌 충만. 두 사람이 하이파이브로 꺄아꺄아.

그에 더더욱 고양되고 마는, 나는 번뇌의 화신일지도 모르겠다……

"마, 말해 두겠는데, 우연히 이나미였을 뿐이니까 말이지?! 올해 채용된 게 경박한 녀석이었다면, 선탠숍이나 서핑숍 추천이었으니까!"

"하지만, 이유가 어쨌든 저를 생각하면서 제안서를 작성해 준 거잖아요?"

"…………."

"아하핫! 카자마 군은 정말로 나기사를 좋아하는구나~ ♪"

"에헤헤…… ♪ 행복하구나."

히죽히죽, 싱글싱글.

"~~~~!!! 이제 싫어……!"

안녕하십니까, 근로기준감독청님.

이 경우, 괴롭힘의 명칭은 대체 무엇이 되겠습니까.*

---

*일본의 경우, 각종 사내 괴롭힘에 대해 ~~Harassment(해러스먼트)의 약칭인 '~~하라'로 분류를 한다. 권력형 갑질에 대응되는 파워하라, 성희롱인 세쿠하라, 음주를 강요하는 알코올하라, 악취 등의 바이오하라 등.

7화: 사축 토──크

　괴롭힘을 극복하고 휴게실에서 점심식사 타임.

　사원식당?

　그거 뭐야 맛있는 거야?

　우리 회사에 사원식당 따위가 있을 리 없다. 존재하는 것은 급탕기라는 이름의 뜨거운 물뿐.

　전국의 사원식당 도입율은 25% 전후라나. 일반인에게 개방될 만큼 넓거나 화사한 카페 느낌이 감돌 법한 식당은, 그저 드라마에나 존재하는 것.

　나를 포함해서 많은 직장인들은 자기 자리나 가까운 정식집 등에서 식사하는 게 디폴트인 것이다.

　뷔페 형식?

　나도 근처 편의점에서 컵라면은 마음대로 고른다고, 이 자식.

　2성급 셰프 감수?

　나는 닭튀김군 하나 추가 증정이다, 바보 녀석.

　사원 할인으로 싸게 먹을 수 있다?

　FUCK.

　이상하네……. 어째서 나는 면이 아니라 콧물을 들이키는 걸까…….

삐뚤어져도 괜찮지 않나. 부러운걸.

사축

　인생이라는 것은 때로 포기도 중요. 우리는 우리, 남은 남.
　하잘 것 없는 시구를 생각할 바에는, 잔업에 대비해서 묵묵히 컵라면을 먹어야 한다.
　"마사토 선배, 마사토 선배."
　"응?"
　"제 반찬이랑 닭튀김군 교환을 부탁해요."
　테이블 맞은편, 반짝반짝 눈동자로 내게 교섭을 제안하는 것은, 함께 휴식 중인 이나미.
　이 녀석처럼 직접 만들 수 있다면 세계는 변하는 걸지도 모른다.
　이나미는 요리를 할 줄 아는 타입의 여자였다. 오늘도 가져온 작은 도시락통과 편의점에서 산 수프 파스타라는 THE OL 메뉴.
　메인인 오므라이스를 중심으로 한입 사이즈의 롤 캐비지나 문어와 채소 마리네이드 등등. 오늘은 양식인지, 다른 통에는 토끼 모양의 사과까지 준비한 주도면밀함.
　여자가 손수 만든 요리와 내 닭튀김군 레드를 교환?

"어, 어쩔 수 없네ㅡ. 롤 캐비지로 타협하지."

모쪼록 잘 부탁드립니다.

롤 캐비지라니, 최근 몇 년은 먹은 적이 없으니까 거스를 수가 없다. 양배추 = 정식집의 샐러드 or 이자카야의 기본 안주라는 고정관념조차 생길 정도니까.

물론 양배추 절임은 맛있다.

'자'라며 용기를 내밀자 이나미는 닭튀김군을 집어서 그대로 덥석.

그대로 꿀꺽.

"응~♪ 이 매콤한 맛을 잊을 수가 없단 말이죠~♪"

어째서 이 녀석이 입에 담는 요리나 음료는 이다지도 맛있게 보이는 걸까.

젊은 여자가 그저 행복하다는 듯 먹는 동영상이 유행하는 이유도 납득이 간다.

닭튀김군을 모두 먹은 이나미는 예의 음식, 롤 캐비지를 건넸다.

자기 젓가락으로 집어서.

"마사토 선배 아~앙♪"

"어엉?!"

예상치 못한 먹여 주는 플레이에 목소리도 거칠어질 수밖에.

'간접 키스에 흥분한다니 중학생이냐'라고 비웃을지도 모르겠다. 하지만 말이다. 아무리 휴게실이라고는 해도, 이곳은 사무실이라고.

사무실에서 배덕감을 느끼며 알콩달콩 플레이……?

AV 너무 봤잖아.

"선배 빨리! 국물이 테이블에 흐르겠어요!"

"아, 알았으니까 재촉하지 마!"

이렇게 되었다면 에라 모르겠다. '나는 중학생이 아니야. 사축이다'라며 스스로의 마음에 타이르고, 기세 그대로 젓가락과 함께 롤 캐비지를 입에 넣었다.

젓가락 잡는 부분을 마이크 대신으로, 이나미가 물었다.

"맛은 어떤가요?"

"…………어, 맛있어."

"에헤헤. 만세."

신기하구나. 다 먹었을 무렵에는, '부끄럽다'에서 '맛있다'라는 감상 쪽이 웃돌았으니까.

어젯밤부터 절였을 테지. 양배추에도 서양풍 육수가 제대로 배어 있어서, 씹으면 씹을수록 다진 돼지고기의 육즙이 입 안 가득 밀려들었다.

"오늘 저녁은 이 롤 캐비지를 사용한 포토푀로 할 예정이에요 ♪"

부럽다고, 이 자식.

"너는 요리 솜씨가 좋구나."

"대학생 시절부터 매일 요리를 했으니까요—. 꽤나 자신 있을지도."

셔츠를 걷고 '으럇!' 하며 알통을 만드는 이나미. 감상으로는, '가늘고 새하얀 팔이로군요'.

팔의 감상은 제쳐 두고, 요리 스킬에 대해서는 빈말이 아니라 좋다고 생각한다.

이번처럼 영양분이 편중되는 경향인 내게 이나미는 자비의 반찬을 주었는데, 어느 음식이든 꽝은 없이 맛있는 것뿐.

젓가락을 놓은 이나미가 양팔을 괴더니 보란 듯이 득의양양하게 웃었다. 이카리 총사령관?

"후후후…… 마사토 선배는 점점 제게 위장을 사로잡히는 거라고요?"

"계획적 범행처럼 말하지 마."

"으하하하~~! 매일 아침, 네 된장국을 만들어 줄까~♪"

뭐야, 그 밀랍 인형식* 프러포즈.

총사령관도 각하도 아니게 된 이나미는, 젓가락에서 숟가락으로 바꿔들어 수프 파스타를 한 입 홀짝이고 태연.

"뭐, 그건 반쯤 농담이에요."

"반쯤 진심이었던 게 나는 신경 쓰인다고."

"장래에는 전업 주부도 괜찮겠다고 생각해요. 하지만,"

눈동자를 번쩍번쩍 빛내며 이나미는 계속 말했다.

"역시 지금은 쿄카 선배같이 멋있는 여성을 동경하게 되

---

*일본 헤비메탈 밴드 세이키마츠의 노래 '밀랍 인형의 저택' 도입부에서 메인 보컬인 데몬 각하의 대사 '너도 밀랍 인형으로 만들어 줄까'의 패러디.

네요!"

"호오."

내 의문을 패스할 만한 이야기였다.

아무래도 이나미는 커리어 우먼에 동경을 품고 있는 모양이었다.

커리어 우먼.

전문적인 직무 수행 능력을 살려서 장기적으로 일하는 여성의 호칭.

조금 더 대략적으로 설명하자면, '유능한 여자'.

이걸로 OK.

스즈모리 선배는 커리어 우먼이다.

영업 실적은 항상 톱이고, 우수한 인재로서 매년 계속 표창을 받고 있다. 헤드헌팅 이야기도 몇 번이나 들었을 정도.

"뭐, 그러네. 남자인 나도 '스즈모리 선배 멋져'라는 감정이 싹틀 정도니까. 동성인 네 입장에서 보면 참을 수가 없겠네."

'참을 수가 없다고요'라며 더더욱 흥분해서는 손이나 목을 흔들었으니까, 상당한 스즈모리 신자가 틀림없다.

"그런 쿄카 선배한테, 신입 시절의 카자마는 자주 혼이 났단 말이지—."

"……."

목소리가 들린 쪽을 돌아보니, 짓궂게 하얀 이를 드러낸

라스트 동기, 이나바의 모습이.

이나바도 점심시간인가 보다. 샌드위치랑 샐러드가 든 편의점 비닐봉투를 한 손에 들고, 우리가 있는 테이블에 앉았다.

인사 대신에 내 닭튀김군을 입 안으로. 그 미소, 박살 내고 싶다.

"응, 맛있어―♪"

"내 귀중한 한 개가⋯⋯."

"닭튀김 한둘로 쩨쩨하게 굴지 마. 그러니까 아무리 시간이 지나도 정시에 돌아가질 못하잖아."

"뭐야?! 정시에 돌아갈 수 있다면 얼마든지 닭튀김 뿌려댄다!"

'귀중하다던 말은 어디로 갔어'라며 깔깔 웃어 버리니, 녹차 페트병을 기울이며 불만을 투덜거리는 정도밖에 할 수가 없었다.

"흥. 우리 영업직의 괴로움 따윈, 이나바는 모를 거라고."

이나바는 디자이너. 웹사이트 디자인이나 코딩을 하거나, 광고 로고나 배너 따위를 만들거나. 이른바 크리에이터라는 녀석이다.

소속된 회사에 따라 다르겠지만, 우리 회사의 디자이너는 비교적 빨리 돌아갈 수 있는 부류.

영업직이 월등하게 잔업이 길다는 것은 보시다시피.

"응―?"

"뭐, 뭔데."

무슨 일이냐. 히죽히죽 미소의 이나바가 내게 얼굴을 가져다 댔다.

얼굴과 얼굴의 거리도 물론이거니와, 역시나 훌륭한 가슴의 소유자. 베스트 앵글로 시야에 박혔다. 얇은 셔츠이기도 해서 계곡이 안녕하세요, 인사한다.

안녕하세요.

그런 생각을 할 때가 아니었다.

"요전에, 업무 마칠 때가 다 되어서 울며 매달린 건, 어디의 누구였을까나—?"

"……."

분명히 기억하고 있는 만큼, 그야 표정도 굳는다.

지난주 금요일, 종업 시각 아슬아슬한 타이밍. 단골 영업처에서 전화가 왔다.

내용은, '대규모 이벤트를 개최하니까 시급히 광고를 만들어 달라'라는 막무가내.

간단한 내용이라면 나도 만들 수 있겠지만, 고퀄리티를 요구하며 시급한 상황이라면 나로서는 역부족.

그래서 이나바 미히로 님께 울며 매달린 경위가 있다.

영업직의 고충을 있는 힘껏 공유하고 있는 만큼 식은땀 줄줄.

"그, 그때는 무척 신세를 졌습니다……."

반비례하여 이나바의 표정은 흐뭇흐뭇.

"그 때, 소개팅이 있었는데 직전에 취소했단 말이지—."

"으윽……"

"아~아. 운명적인 만남이 있었을지도 모르는데—. 미래의 달링이 있었을지도 모르는데—."

"으으윽!"

"내 결혼 퇴직이 멀어져 버렸어———."

"~~~윽! 내가 잘못했어! 영업도 디자이너도 모두 평등하게 사축이야!"

"음! 알았다면 됐어♪"

너는 내가 알기만 하면 되냐? 라고 딴죽을 거는 것도 넌센스.

입을 열어 어필했기에 두 개째 닭튀김군을 봉납.

"땡큐—♪"

내 무례는 물에 흘려보내 주기로 한 모양이다. 이나바 신께서는 입을 우물거리며 자기 자리로 돌아갔다. 굿바이, 가슴.

"그보다, 이나바는 결혼 퇴직을 동경하는구나."

"응? 아직 마음 내키는 대로 놀고 싶은 나이인데?"

"…………"

굿바이, 닭튀김군×2.

"미히로 선배, 미히로 선배."

내가 절망에 잠겨 있자니 신입 사원이 닭튀김 도둑에게 몸을 내밀었다.

"응─? 왜 그래, 나기사."

"신입 시절의 마사토 선배가, 쿄카 선배한테 혼이 났다는 이야기를 해주시지 않겠나요!"

칫……. 지금 대화로 얼버무릴 수는 없었나…….

참으로 욕심쟁이 녀석이다. 호화로운 도시락에 수프 파스타랑 디저트까지 붙어 있는데, 남의 불행까지 반찬으로 삼으려고 해댄다.

반찬거리로 삼게 두진 않겠다고, 이 녀석.

"이나미. 딱히 재미있는 이야기는 전혀 없다고."

"그런가요?"

"응. 병아리 시절의 나는, 나이에 걸맞게 응석받이에 비상식적이었을 뿐이니까."

"그저 재미있게만 느껴지는데요……."

와─. 웃음의 끓는점 낮아─.

신입 시절의 나는 학생 기분으로 찰랑찰랑. 시금치 절임이 아니라 학생 기분 절임 상태.

요컨대 학생 기분이 전혀 빠지질 않았던 것이다.

시치미 떼는 표정으로 달걀 샌드위치를 먹고 있는 이나바에게 한 말씀 드리고 싶다.

"그보다, 이나바는 나랑 같이 자주 혼났잖아."

"어―. 예를 들면?"

예를 들면?

"잊었다고 하진 않겠지! 신입 연수 마치고 둘이서 오락실 들렀다가 걸려서, 스즈모리 선배한테 실컷 혼이 났을 텐데!"

"아~! 있었지―, 그런 일!"

뭘 웃는가. 이나바의 얼굴이 밝아졌다.

"그런데 그건 카자마가 최신 격투 게임을 하고 싶으니까 들렀던가?"

"네가 '오랜만에 스티커 사진 찍고 싶어'라면서 날 길동무 삼은 게 원인이지."

'기억을 뒤바꾸지 말라고―'라는 의미를 담아서 시선을 보내자, 이나바는 히죽히죽 웃으며 또다시 거리를 좁혔다.

"길동무 같은 소리 말라고―. 우리 커플 사진도 찍은 사이 잖아."

"푸헉……?!" "어! 좋겠다―!"

후루룩 먹던 면이 대폭발. 눈앞의 이나미가 익사이팅.

코 안쪽으로 들어간 면을 대처할 시간이 아깝다.

"오, 오해를 살 법한 표현하지 마! 이나바가 쓸데없이 분위기를 타서 커플 모드를 선택했을 뿐이잖아!"

"카자마 너무해! 독실을 핑계로, 카메라 앞에서 그런 부끄러운 명령이나 행위에 이르렀는데! 나, 시집도 못 가는 몸이 되었는데……!"

"어어?! 마사토 선배, 그런 안잣슈* 같은 짓──,"

"안잣슈 안 했어─! 이나바는 농담의 도가 지나치다고, 바보 녀석!"

"아하하하핫! 정말이지, 카자마 놀리는 거 재미있어─♪"

그야말로 포복절도. 눈꼬리에 눈물을 글썽일 만큼, 호흡하는 것도 괴로울 만큼 이나바는 대폭소해댔다. 그대로 호흡 곤란으로 병원으로 옮겨진다면 좋을 텐데.

"소란스럽다고 생각해서 와봤더니, 대체 무슨 대화를 하는 거야……."

참으로 공감하는 바다.

스즈모리 선배 강림.

역시나 우리의 상사이자 양심. 시끄러운 소리를 듣고서 얼굴을 비추어 준 모양이다.

식후 드링크인 채소 주스를 한 손에 들고, 스즈모리 선배가 내 맞은편 자리로.

뺨을 괴면서 동시에 한숨을 내쉬었다.

"정말이지, 이 아이들은. 식사 중에 어떻게 하면 그런 화제가 되는 거야."

샐러드를 먹던 이나바가 고개를 갸우뚱했다.

"어라? 일의 발단이라면, 쿄카 선배 아니었던가?"

"어…… 내가 원인……?"

안잣슈 뒷이야기가 아니라고. 스즈모리 선배의 얼굴이 새

---

*일본의 개그맨 콤비 '안잣슈'의 멤버 와타베 켄의 불륜 관련 소문 중, 공공 화장실 같은 좁은 공간에서 관계를 가졌다는 이야기가 있다.

파래졌잖아.

"이봐, 이나미. 말이 부족한 이 멍청이를 커버해 줘."

역시나 내 후배. '맡겨 주세요!'라며 가슴을 쫙 폈다.

"사리분별 못 하는 마사토 선배를, 쿄카 선배가 친절하게 이끌어 줬다는 게 계기에요!"

"이 바보가! 나까지 변태로 만들지 말라고―?!"

"~~~~읏! 내가 변태인 것도 정정해⋯⋯!"

뺨을 꼬집혀도 아픔보다 죄책감밖에 느껴지지 않았다.

의지할 수 있는 것은 자신뿐. 조력을 요청한 내가 바보였다고, 촉촉한 눈빛의 스즈모리 선배에게 변명했다.

"신입 시절의 저는, 스즈모리 선배한테 자주 교육을 당했다는 이야기를 하고 있었어요."

"교육이라기보다 잔소리겠죠?" "교육이라고 할까 잔소리겠네."

"이상한 부분에서만 맞지 말라고⋯⋯."

이미 확신범이잖아, 이 녀석들.

조력은커녕 폭탄이 직격했지만, 최저한의 오해는 풀 수 있었나 보다. 그 증거로 스즈모리 선배의 표정은 '부끄러움'에서 '납득'으로 바뀌고 있었다.

이것으로 한 건 마무리.

"확실히 그 무렵의 카자마 군은 조금 건방졌지."

"어⋯⋯."

산 넘어 산.

변태 취급을 당한 보복인가? 재미있는 장난감을 발견했으니까?

연상 누님의 새디즘 발동. '대체 언제부터 소악마는 두 마리뿐이라고 착각하고 있었어?'처럼. 스즈모리 선배의 둔부에서 가늘고 긴 꼬리, 머리에서 자그마한 뿔이 안녕하세요.

소악마 세 자매가 결성된 순간이었다.

스즈모리 선배. 당신만큼은 아군이길 바랐어요…….

삼녀, 이나미 익사이팅.

"그렇단 건, 마사토 선배가 병아리였다는 건 진실이군요!"

"으―음, 진실이라는 걸로 충분하지 않을까? 내가 가르친 아이들 중이라면, 가장 수고를 끼친 건 카자마 군이었으니까."

"가장 수고를 끼쳤다는 건 지나친 과장이라고요! 고작해야 한가운데―, 보다 조금 아래 정도겠죠?"

'음―' 하고 말꼬리를 늘이는 장녀는, 참으로 즐겁다는 듯이 생글생글 나를 바라봤다.

"뭐, 뭡니까?"

"골든 위크 끝나고. 성대하게 낮잠을 잔 건, 어느 아이였을까?"

"윽!"

"복붙으로 가득한 자료를 가져와서, 나한테 흠씬 혼이 난

건 누구였을까─?"

"으으윽……!"

"매일, 밤늦게까지 같이 잔업하던 아이는 누구였을까~♪"

"…………."

그야말로 끽 소리도 나오지 않았다.

어쩔 수 없이 내가 신입, 스즈모리 선배가 교육 담당이었을 무렵의 기억이 되살아났다.

금요 로드쇼, '신입 덜렁이 사축 일기'가 뇌 내에서 재생되어 버렸다.

◇ ◇ ◇

골든 위크 후 첫 출근 날, 내가 성대한 지각을 저질렀을 때는.

"카자마 군. 또 밤늦게까지 게임했지?"

"……예."

"딱히 게임을 하지 말라고 그러는 건 아니라고? 하지만 업무에 지장을 줄 정도로 해버린다면, 게임은 하루에 한 시간으로 할까."

"예엣?! 아니아니아니! E스포츠가 보급되는 요즘, 하루 한 시간은 엄청 빡빡한──."

"지금부터 반차 내고, 같이 게임기 팔고 올까?"

"한 시간 코스로 부탁드릴게요⋯⋯."

한 달 동안, '카가와현 게임 의존증 조례의 형벌'에 처해지거나.

스즈모리 선배에게 날림 업무를 들켰을 때는.

"카자마 군. 이 자료, 경쟁 회사의 웹사이트에서 복붙한 거지?"

"?! 어째서 들켰──, 알아차리셨나요⋯⋯?"

"우리가 취급하지 않는 광고 서비스가 하나 섞여 있어."

"⋯⋯죄송함다."

"그리고 여기 데이터 말인데. 옳은 내용인지만 확인해 둘 테니까, 소스를 가르쳐 줄 수 있을까?"

"예?! 소, 소소소소스 말입니까?!"

"당황하는 걸 보니⋯⋯ 혹시나 그럴까 싶지만 카자마 군. Wiki에서 퍼온 건 아니지⋯⋯?"

"⋯⋯⋯⋯저, 정답입니다."

"~~~~! 이 바보! Wiki는 참고하면 안 된다고 전에도 말했잖아! 다시 해와!"

"예이이이이!"

졸업 논문과 과제의 은폐 사이트, Wiki 인용을 들켜서 잔뜩 혼이 나거나.

영화의 감상평.

"그냥, 죽여 주세요……."

전미(全美), 아니, 전미(me)가 울었다.

인정하다마다. 신입 시절의 내가 덜렁이에 바보 자식이라는 것을…….

운신의 폭 최소화. 오른쪽과 왼쪽 어깨가 꽉 끼는 것만 같은 압박감을 느끼며, 컵라면 국물을 한 모금. 맛이 느껴지지 않는 것은 굳이 말할 필요도 없으니.

소악마가 된 스즈모리 선배에게도 아직 사람의 마음은 남아 있는 모양이었다.

"좀 지나치게 놀렸을까."

"좀이 아니라, 엄청인데요……."

"어—. 진심으로 한다면, 난 한참 더 할 수 있다고?"

오싹하는 한편, 살짝 에로스를 느끼고 마는 스스로가 한심했다.

"역시 몸소 길러 낸 후배는 언제까지나 귀여운 법이니까."

장난기 가득한 미소로 손을 맞대는 건 반칙이라고 생각한다.

정말로 치사하다. 연상 누님이 그런 소리를 꺼내 버리면, 나로서는 그저 부끄러운 걸 감추는 정도밖에 할 수가 없다.

덤으로.

"마사토 선배도, 저를 언제까지나 귀여워해 주세요♪"

이나미도 나를 죽이려고 드니까, 견딜 수가 없다.

"아하핫! 몇 년 뒤에는, 상사가 된 나기사가 카자마를 귀여워할지도 모르겠지만—!"

이나바. 너는 변함이 없어서 안심했다고, 젠장.

그래도 이나미의 하이 스펙을 가까운 곳에서 보고 있는 입장으로서는, 정면으로 부정할 수는 없는 것이 슬프다고 할까, 세상살이 참 힘들다고 할까.

애수가 감도는 내 얼굴을 탐지한 이나미가 양손을 꽉 쥐고서 파이팅 포즈.

"괜찮아요. 제가 마사토 선배보다 출세했을 때는, 매일 술값 제대로 낼게요!"

"어…… 나, 매일 술자리에 끌려가는 거야……?"

"에헤헤. 술자리에서 커뮤니케이션 하는 거죠♪"

그냥 술 강요잖아.

남의 불행은 꿀맛? 장래에 내 간이 임종을 맞이하는 게 기뻐서 참을 수가 없는 걸까. 심지어 스즈모리 선배는 우리 대화를 흐뭇하게 바라보고 있었다.

하지만 새디스틱한 미소는 아닌 모양이었다.

"놀리는 게 재밌어서 기뻐하는 건 아니다? 너희같이 활기찬 아이들이 잔뜩 들어와서 잘 됐구나 싶어서."

"저희 같은, 이라고요?"

세 사람의 주목을 받은 스즈모리 선배는 고개를 끄덕였다.

"내가 입사했을 때는, 띠동갑보다도 연상인 사람들뿐이었으니까. 신입 채용도 나 하나뿐이라서 무척 쓸쓸했거든."

스즈모리 선배는 본심을 감출 생각은 없겠지. 바로 그렇기에, 아낌없는 미소를 그대로 머금고 있었다.

그 미소는 소악마가 아니었다.

"그러니까 지금처럼 다 같이 대화를 나눌 수 있는 시간에 그만 기뻐지는 거야."

잘 다녀오셨습니다, 여신님.

의지할 수 있는 우리의 누님이 부활한 순간이었다.

이나미도 간신히 깨달았나 보다. 옛날의 내 실수담을 듣는 것보다도 동경하는 존재, 스즈모리 선배의 이야기를 듣는 것이 훨씬 유의미하다는 사실을.

"오랜만에 신입 채용이었다면, 쿄카 선배는 입사 전부터 높이 평가를 받았던 거군요!"

"전혀 그렇지 않아. 신입 시절의 나도 잔뜩 실수를 하거나 주의를 받았으니까."

이나미는 그 말이 의외였는지 '어'라며 입을 벌렸다.

"그야 그렇겠지. 아무리 스즈모리 선배라도 밑바닥 시절은 있다고."

"그렇기는 하지만, '유능한 여자!'라는 이미지인 쿄카 선배인 만큼, 좀 상상이 안 되어서."

"쉽게 상상할 수 있는 내가 잘못했네."

"아뇨아뇨. 덕분에 잔뜩 상상할 수 있었어요♪"

가볍게 잽을 날린 것만으로, 마운트 자세에서 흠씬 두들겨 맞는구나…….

이나미에게는 처음 듣는 정보였을 테지만, 쿄카 선배와의 인연도 5년차에 돌입한 나로서는 몇 번인가 들은 적이 있는 이야기. 거짓말을 하면서까지 자신을 비하할 필요 따윈 없으니까 사실이겠지.

동기인 이나바도 나와 마찬가지, 쿄카 선배의 젊을 적 이야기를 알고 있었다.

아니다. 나 '이상'으로 알고 있었다.

"응응. 지금의 쿄카 선배를 보고서는 도저히 상상할 수 없겠지―."

아―아…… 말했다…….

역시나 장난을 좋아하는 여자. '상사라도 틈만 있다면 장난을 치겠노라'라고 하듯이. 이나바는 보조개가 생길 만큼 하얀 이를 드러냈다.

"??? 지금 그 말은, 옛날의 쿄카 선배에 대해서 미히로 선배는 뭔가 알고 있나요?"

"오. 나기사는 예리하네―♪"

'잘 물어보셨습니다!'라며 이나바는 더더욱 신이 나고, 볼륨감 넘치는 가슴이 짓눌릴 정도로 자세를 바로 잡았다.

"알고 있고 자시고, 학생 시절의 쿄카 선배는———,"

"미 · 히 · 로……?"

바이바이, 여신님.

처음 뵙겠습니다, 대악마님……

이나바의 말을 시작으로, 쿄카 선배 주변에서는 살의의 파동이 마구 새어 나온다.

온화한 미소는 그대로. 그럼에도 불구하고 눈동자 안쪽이 웃지를 않았다.

'쓸데없는 소리라도 해봐. 그 순간, 네 목숨도 끝이다.'

그런 메시지가 여실하게 전해지자, 관계가 없는 나조차 부르르 떨고 말았다.

살해 예고를 받은 장본인은 어떨까?

커다란 입을 더욱 크게 벌린 이나바는, 먹고 있던 샌드위치를 억지로 한 입.

씹기를 잠시.

"잘 먹었습니다."

"앗! 기다려, 미히로!"

이나바, 다 먹은 쓰레기를 재빨리 정리하고 기립. 그대로 출입구를 향해 후다닥.

저 자식, 도망쳤어……

"잠깐 쐐기를 박고 올 테니까, 나도 실례할게!"

못이 아니라 쐐기인 부분에서 진지함을 느꼈다.

채소 주스를 단숨에 마신 스즈모리 선배도, 제재를 가하고자 휴게실을 뛰쳐나갔다. 그렇다면 나와 이나미, 둘만의 세계로 다시 돌아와서.

"저기저기, 마사토 선배."

"응?"

"쿄카 선배의 학생 시절에 대해서, 선배는 뭔가 알고 계신가요?"

젊은이의 호기심이 무섭다.

그 이상으로.

"…………몰라."

스즈모리 선배의 보복이 무섭다.

그러니까 '아—앗! 시선을 피하는 그 느낌, 틀림없이 뭔가 알고 있어!'라며 이나미가 떠들어 댔지만 나는 입을 열 생각은 전혀 없었다.

미안해, 이나미. 나는 아직 죽고 싶지 않아요.

8화: 휴일의 생각지 않은 포상

확증은 없다.

하지만 틀림없이 그렇다고 생각했다.

"…………."

차광 커튼을 걷지 않더라도, 아침햇살을 받지 않더라도.
바닥에 아무렇게나 방치된 스마트폰이 울린다면 어쩔 수 없
이 눈을 뜨고 만다.

침대 위, 눈을 뜰 때까지의 평온한 기분은 어디로 갔는지.

믿고 싶지는 않다. 믿고 싶지는 않지만, 쭈뼛쭈뼛 텔레비
전을 켜봤다.

평소라면 '오늘도 멋진 하루를 보내세요♪'라며, 귀여운
계열의 기상 캐스터가 수줍은 미소로 양손을 흔들어 주었을
테지. 나도 인사를 했을 테고.

지금 현재는 어떨까.

「와~~~! 지금 신청하면 미니 청소기가 두 대나 붙는 건
가요—?!」

통신판매 방송에서. 살짝 한물 간 여성 탤런트나 코미디
언들이, '너희들, 그거 정말로 갖고 싶냐?'라며 물어보고 싶
어질 법한 상품에 잔뜩 흥분해서는 홍보 중.

그대로 텔레비전 화면, 왼쪽 위의 시각에 주목.

지금 시각, 10시 37분.

"…………."

완전 지각.

눈물.

이 나이 먹고 애써 요즘 유행하는 말투를 쓰려고 해봐야 기분 나쁠 뿐. 하지만 마시지 않고는 지나갈 수 없는 밤이 있듯이, 현실도피를 하지 않고서는 마음의 균형을 지킬 수가 없다.

"으, 으어어어어어어어어?!"

거짓말입니다. 현실도피를 해도 마음의 균형을 지킬 수 없습니다.

어디로든 문은커녕, 타임머신을 사용해야만 하는 사태에 패닉은 필연.

자다 깨서는 곧바로 엔진 풀가동. 침대 스프링을 이용해서, 스마트폰을 향해 비치 플래그처럼 다이빙 캐치.

마구 날뛰는 심장을 가라앉힐 시간조차 아깝다. 전파와 함께 닿으라며 전력 사죄.

"아아아아안녕하심까—?! 그게 아니고! 정말로 폐를 끼쳤습니다! 가급적 빨리 출근할 테니까, 조금만 더 기다려 주시면 금방——,"

「……훗! 아하하하핫!」

"엥."

「안녕하심까, 라니! 아하하하핫! 카자마 군, 갑자기 웃기는 거 치사해!」

"그 목소리는, 스즈모리, 선배……?"

아침부터 명료, 쾌활. 절찬 빨려들게 만드는 그것은, 틀림없는 스즈모리 선배.

부하에게 벼락을 떨어뜨리기 위해서, 직속 상사에게서 전화가 왔다는 사실 자체는 전혀 이상하지 않다.

하지만 분노와는 거리가 먼 웃음소리가 들리니까, 그야 입을 멍하니 벌릴 수밖에.

"저기…… 늦잠을 잤는데 화내는 거 아님까……?"

「아직 잠이 덜 깼어? 오늘 날짜, 확인해 봐.」

"날짜?"

연상 누님의 쿡쿡 웃음소리를 BGM으로 들으며, 언젠가 주민자치회에서 받은 벽걸이 달력을 확인해봤다.

오늘은 8월 11일 목요일.

평일임에도 불구하고 날짜는 검은색이 아니라 빨간색으로 표기되어 있다?

"산의, 날……."

산의 날. 산과 친해지는 기회를 얻고, 산의 은혜에 감사하는 날.

그것은 즉.

"오, 오늘이 공휴일인 거 깜박했어……."

「응, 안녕하심까―♪」

"……안녕하심까."

부끄럽다고 할까, 아침부터 행복이 가득하다고 할까.

기상 캐스터 누님이 무색한 인사를 받았더니 완전히 떠올랐다.

어젯밤 업무를 마쳤을 때.

"자, 마사토 선배! 내일은 휴일이니까 마음껏 마셔도 돼요! 같이 올나이트 닛폰~~~!"*

'너는 언제부터 라디오 진행자가 된 거냐고'라며 딴죽을 걸 틈도 없이. 이나미에게 팔을 붙들린 채로, 히가시도리의 주점에서 일본주 삼매경.

아무리 그래도 막차 아슬아슬한 시간에 해산했지만, 살짝 도를 넘어 버렸다. 귀가하자마자 갑갑한 양복을 벗어던지고 침대에 다이빙. 그대로 슬립 모드로.

그리고 지금에 이른 것이었다.

마치 자다가 몰래카메라를 당한 기분. 끝을 모르고 치솟던 긴장감이나 공포심이 급격하게 사라지고, 정좌 자세에서 푹 엎드려서 늘어져 버렸다.

"심장에 나쁘다고요……. 진짜로 인생 끝난 건가 생각했어요……."

---

*'닛폰 방송'에서 매일 새벽 시간에 방송되는 라디오 프로그램.

「미안미안. 하지만 말이지, 나는 그래도 배려해서 늦게 전화했다고?」

"배려가 조금 더 있었으면 좋겠어요."

「앗. 건방진 소릴 들었어.」

전화 너머로도 스즈모리 선배가 빤히 쳐다보며 화난 척하는 모습을 쉽게 상상할 수 있었다.

정답을 맞춰 보고 싶으니까 영상통화로 전환해도 될까.

흑심은 제쳐 두고.

"그래서, 휴일에 무슨 일인가요? 업무 트러블이라든지?"

아무리 친한 사이라고는 해도, 나와 스즈모리 선배는 업무 동료. 모닝콜로 알콩달콩할 관계가 아니다.

「아니. 다른 일이라고 할까, 조금 부탁하고 싶은 게 있어서 전화했어.」

"부탁, 이라고요?"

「오늘은 시간 있어?」

"??? 그러네요, 게임하고 밥 먹고 자는 정도라서, 시간은 남아돌아요."

「잘됐다.」

"허어."

독신남다운, 원 패턴인 행동이라 잘됐다는 걸까.

그런 건 아닌 모양이었다.

「나랑 데이트 해주지 않을래?」

"…………예엣?!"

이 멋진 휴일은 뭐지.

※ ※ ※

　역 근처에 있는 카페 체인점은, 휴일의 피서지로는 안성맞춤.

　모서리 쪽 테이블석에 앉아서 기지개를 켜며 주위를 둘러봤다. 역시나 같은 생각인 사람들은 많은지, 시원하게 냉방이 되는 가게 안은 수많은 손님으로 가득했다.

　친구 그룹, 가족 동반, 득의양양한 맥북, 애인사이 등등.

　우리 관계는 대체 어떻게 여겨질까.

　"왜 그래, 빤히 쳐다보기만 하고?"

　카페라테를 마시는 것뿐인데, 참 그림이 되는 사람이다.

　오피스 스타일의 복장만 계속 봤으니까, 스즈모리 선배의 사복차림은 무척 신선하다고 느꼈다. 몇 번이나 빠져들고 만다.

　여전히 센스가 좋았다. 청초하고 청량한 느낌이 감도는 플레어스커트에, 깊은 V넥이 특징적인 서머 니트 코디네이트. 어른스러운 느낌을 끌어내는 것은, 완만한 쇄골에 장식된 가느다란 체인 목걸이나 탄탄한 발목을 덮은 힐 샌들 덕분이겠지.

빤히 보는 이유?

"아니, 이 사람은 자신의 매력을 이끌어 내는 방법을 아는구나 싶어서."

"사람을 공주병처럼 말하지 마."

내가 주문한 아이스커피를 뺨에 댔더니 서늘해서 깜짝 놀라고. 한심한 내 반응에 스즈모리 선배가 쿡쿡 웃어 주고.

아아…… 이런 행복이 영원히 계속된다면 좋을 텐데…….

"그래서, 어때? 노트북 상태."

"어―, 그러네요. 확실히 키보드 반응이 나빠졌어요."

알고 있었습니다. 영원 따윈 이 세상에 존재하지 않는다는 것 정도는.

깨닫고 있었습니다. 데이트가 농담이라는 것 정도는.

스포일러를 하자면.

'노트북 상태가 안 좋으니까 좀 봐 줘.'

데이트 권유 후, 그런 말을 건넨다면 자신에게 요구되는 것이 '이성으로서의 매력'이 아니라 '동업자로서의 PC 지식'이라는 것 정도는 깨닫고 만다.

날아오르기 직전에 떨어졌으니 대미지는 거의 없다. 오히려 사내에는 조금 더 잘 아는 사람이 있는데도 나를 선택해 주었다는 사실이 자랑스럽기도 할 정도였다.

안 울었다고. 정말로.

그래서 수리를 하든 새로 사든, 우선은 동작 체크를 시작하는 것부터. 카페에서 노트북을 펼치고 있는 것이었다.

"사이트의 키보드 체크로 확인했는데, 왼쪽 부분의 키가 완전히 죽은 것 같아요."

"호—, 그런 사이트가 있구나. 어디어디?"

맞은편에 앉아 있던 선배가 내 옆 자리에 어깨를 기대듯이 앉았다.

화면을 공유하는 거니까 당연한 행동이지만, 평소와 다른 옷차림인 만큼 조금 두근대고 말았다.

결과 화면을 보고 흠흠, 고개를 끄덕이는 선배의 옆모습은 진지 그 자체. '역시 이쪽인가—'라며 더는 안 움직이는 키를 검지로 달칵달칵 눌러보거나, '곤란하네—'라며 입술을 살짝 오므리거나. 오므린 입술 그대로, 카페라테 잔에 담긴 빨대를 무는 모습이 섹시하다거나.

선배 겸 상사라는 걸 알고 있어도, 역시나 예쁜 누님으로 인식하고 마는 건 어쩔 수 없다.

"역시 새로 살 수밖에 없겠어?"

"어, 아뇨. 부품만 구하면 수리할 수 있을 거예요."

"정말?"

"이 노트북, 파나소닉의 인기 모델이니까 PC숍이라면 개별 부품이라도 취급하겠죠."

데스크톱과 달리 노트북은 수리하기 힘들다는 인상이지만, 부품만 구하면 어떻게든 할 수 있는 케이스도 의외로 많거든.

하물며 천하의 파나 제품. 대체 부품도 충실한 것은 말할 필요도 없다.

"확실하게 얻으려면 지금 인터넷 쇼핑으로 구입할 수 있는데, 어떻게 할까요?"

"으—음. 카자마 군만 괜찮다면, 가게까지 같이 가줬으면 좋겠는데."

"엇."

조금이라고 할까, 무척 의외의 대답이었다.

"혹시 카자마 군, 빨리 돌아가서 게임하고 싶다는 느낌?"

"?! 아뇨아뇨! 싫어서 놀란 게 아니고요!"

"그럼 어째서 '엇' 하고 놀란 거야."

"아뇨……, 가게에 가는 것보다 인터넷 쇼핑을 이용하는 편이 합리적이니까 스즈모리 선배답다고 할까—."

커리어 우먼 = 합리적인 판단이 가능하다.

스마트하게 업무를 계속 소화하는 스즈모리 선배다. 이렇게 후텁지근한 날씨에, 굳이 가게까지 걸음을 옮기는 선택지를 고르지는 않을 거라 생각했다.

'효율충이라는 녀석이야'라고 익숙하지 않은 인터넷 속어를 사용하는 스즈모리 선배는, 한번 써보고 싶었던 말일까. 입에 담은 것만으로 싱글싱글 만족스러운 표정을 지었다.

"확실히 업무에서는 합리적이거나 효율적인 작업을 명심

하고 있지. 하지만 말이야, 휴일 정도는 편안하게 행동하고 싶거든."

"편안하게, 말인가요?"

마음에서 우러나는 말이겠지. 그런 확신이 들 만큼, 눈앞에서 팔을 괸 스즈모리 선배는 느긋하고 편안하게 느껴졌다. 유리창으로 비쳐드는 햇빛도 어우러져서, 양지에서 졸고 있는 고양이가 떠오를 정도.

커리어 우먼도 우먼이라는 당연한 사실을 깨닫거나, 온과 오프를 제대로 전환할 줄 아는 모습은 역시나 커리어 우먼임을 알게 되거나.

무엇보다도 말이다. 편안히 대할 수 있는 상대로 임명되었다는 걸 깨달았더니 나까지 미소가 전염되어 버렸다.

"어느 가게든 모든 부품을 구비하는 게 아니라서, 허탕을 치더라도 책임은 못 지니까 말이죠?"

"괜찮아괜찮아. 최악의 경우에는 인터넷으로 사버리면 그만이니까."

"뭐, 그도 그러네요."

"게다가 말이지,"

"게다가?"

"모처럼 데이트인걸. 느긋하게 즐기자."

"엇?!"

"아하핫! 얼굴 빨개지기는, 귀여워!"

소악마 같은 누님 강림. 내 순정을 희롱하는 것이 그렇게나 재미있는지, 특등석을 즐기며 눈앞에서 폭소.

"저기, 스즈모리 선배……? 노트북의 목숨줄은 제가 쥐고 있다는 건 아시나요?"

"응—? 내일은 나기랑 미히로한테 '안녕하심까—♪'라고 인사해 버릴까?"

"윽!"

상상하는 것만으로도 무서워…….

밀고 같은 거라도 당해 봐라. 한 달은 그 녀석들한테 '안녕하심까—'를 당하고 만다.

원망해야 하는 것은 밤늦게까지 나를 데리고 다닌 신입인가, 혹은 즐겁게 채찍을 휘두르는 새디스틱한 누님인가.

알고 있습니다. 잘못한 건 늦잠을 자던 접니다.

"기, 기꺼이 PC숍까지, 안내해 드리겠습니다!"

"응, 에스코트 부탁합니다—♪"

스즈모리 선배의 짓궂은 미소를 바로 앞에서 보는 것은 눈보신이지만, 엉덩이에 소악마의 꼬리가 나 있는지 확인하고 싶은 것이었다.

※ ※ ※

카페에서 잠깐 쉰 뒤, 난바역에서 조금 떨어진 딥한 스폿으로.

이름하여 '덴덴타운'.

오사카의 아키하바라라고 불리는 장소로, PC 제품이나 전자 제품, 게임이나 애니메이션 전문점 따위가 다수 늘어선, 이른바 전자상가라는 녀석이다.

그런 전자상가의 한 모퉁이, 상가 건물 안에 있는 대형 PC숍으로 들어서자 스즈모리 선배는 '오오—' 하고 감탄을 흘렸다.

"당연하지만, 컴퓨터 상품뿐이네!"

지적인 누님조차 초등학생 수준의 감상이 되어버릴 정도.

시야 가득 컴퓨터·컴퓨터·컴퓨터.

PC 본체는 물론, 하드웨어부터 소프트웨어, 할인 상품이나 중고까지 뭐든 있소이다.

선언 그대로, 스즈모리 선배는 휴일을 편안하게 보낼 생각이 가득한 모양이었다. 쇼케이스에 진열된 상품들을 무척 흥미진진하게 살펴봤다.

"저기, 카자마 군. 이 작은 선풍기가 세 개나 달린 상품은 뭐야?"

"그래픽 카드네요. 영상이나 화면을 더 선명하게 하는 부품이에요."

"거대 로봇의 조종석에 있을 것 같은 이건?"

"거대 로봇? 아. 그건 믹서라고 해요. 게임 생중계나 악기 관련에서 음량을 조절할 때 쓰는 기계예요."

"어! 이 마우스는 뭐야! 무지개색으로 빛나!"

"그건 남자의 로망이에요."

게이밍 기기에서는 흔하지. 무지개색으로 빛나는 거.

완전 적당한 내 가이드까지 '남자의 로망인가―'라며 고스란히 받아들이는 스즈모리 선배는 마치 동심으로 돌아간 것 같아서. 마우스의 LED가 눈동자에 비치는 것뿐인데도 정말로 반짝반짝 빛나는 것처럼 보이기까지 했다.

"카자마 군이랑 같이 온 게 정답이네. 나 혼자였다면 아무것도 몰랐을 거야."

"아뇨아뇨아뇨. 저도 게임에 사용하는 부품 정도밖에 잘 모른다고요."

평소부터 신세를 지고 있는 선배인 만큼, 이렇게 의지하면 할수록 나까지 기뻐진다. 좋아하는 장르다 보니 들뜨고 만다.

"부품 하나만 달라도, 게임 성능까지 그렇게 크게 달라지는 거야?"

"솔직히, 어어어엄청!!! 다르죠."

"호오호오. 예를 들자면?"

"으~~음, 예를 들자면 그러네요……. 장바구니 자전거 집단 사이에, 본격적인 프로선수가 하나 섞여 있는 느낌일까요."

"아하핫! 그 독특한 예시는 뭐야! 그런데, 엄청 이해하기 쉬워!"

스스로도 완전히 바보 같은 예시였다고 생각하지만, 스즈모리 선배에게 전해졌으니 충분하다.

이렇게 웃어 주는 게 기쁘고, 자랑스럽다.

그만큼 제대로 웃음 포인트를 짚은 걸까, 조금 부끄러운 기분이 가장 강하지만.

목표인 키보드 부품도 발견해서 어렵지 않게 구입 완료.

어렵지 않았다고는 해도, 입수할 수 있었던 게 기쁜가 보다.

"뭔가 수족관이나 동물원에 온 것 같아서 즐거웠어."

포근한 미소의 스즈모리 선배는, 스쳐 지나가는 전단지 배포 중인 고양이 귀 메이드에게도 지지 않아서. 뭣하면 메이드복으로 갈아입고 냥냥 해줬으면 싶을 정도다. 절실하게.

번뇌에 지배당한 사이, 스즈모리 선배가 아래쪽에서 불쑥 들여다봤다.

"그래서 말이지, 카자마 군. 지금 산 부품을 수리해 줄 가게에 가져가면 되는 거야?"

"어, 아뇨아뇨. 수리점에 가져갈 필요 없어요."

"?"

"간단히 키보드를 분리할 수 있는 타입이니까, 제가 해버릴게요."

"어."

예상하지 않은 대답이었는지 스즈모리 선배는 파란 신호에도 불구하고 멈춰 섰다.

"아무리 그래도 박살 내지는 않을 거라 생각하는데, 어떨까요?"

"나로서야 정말 고마운 이야기지만, 그렇게까지 부탁해도 될까……?"

무척 조심스러운 분위기의 스즈모리 선배에게 씨익 웃어 보였다.

"아무 문제없어요. 그보다도 평소에 항상 신세를 지는 만큼, 여기서 갚을 수 있게 해주세요."

틀림없는 본심이었다.

신입 햇병아리 시절부터 잘 해준 선배다. 내가 할 수 있는 일이 있다면 솔선해서 힘이 되어주고 싶다며 다짐했다.

내 발언이 너무나도 억지스러워서 그럴까.

스즈모리 선배가 입술에 손가락을 대고서 쿡쿡 웃기 시작했다.

"좀 지나치게 촌스러웠나요?"

"아니, 지나치게 멋있었으니까. 그만 기뻐서."

"……읏!"

'그건 뉘앙스로는 같은 의미 아닌가……?'라며 딴죽을 걸고 싶어졌지만, 남자라는 생물은 단순. 연상 누님에게 칭찬을 받으면 뺨이 풀어지려는 것을 필사적으로 참을 수밖에 없다.

"그럼 감사히 카자마 군한테 부탁해 버릴까."

"예, 옛! 전력으로 수리하겠습니다!"

'지금 당장 작업해'라는 명령을 내린다면, 전자상가 한복판에 양반다리로 앉아서 작업할 정도의 모티베이션. 민폐 유튜버냐.

농담은 제쳐 두고. 해산하든 안 하든, 교환용 키보드랑 노트북 따위는 내가 맡아 두는 편이 낫겠지.

선배의 짐으로 손을 뻗었을 때였다.

"아. 좋은 생각이 났어."

"??? 좋은 생각, 이라고요?"

'응' 하고 고개를 끄덕인 스즈모리 선배가 다음으로 취한 행동은──.

"???!!! 스, 스즈모리 선배?!"

내가 놀라는 것도 무리는 아니었다.

짐을 회수하려고 뻗은 손을 스즈모리 선배가 붙잡았으니까.

그리고 싱긋 미소로 말하는 것이었다.

"우리 집에서 수리하자고."

"…………. ?! 에에에에에엥~~~~?!"

전자상가 중심. 선샤인* 같은 포효에 통행인들이 무슨 일인가 하고 주목했지만, 신경을 쓸 여유 따위가 있을 리도 없

---

*일본의 코미디언 '선샤인 이케자키'. 여러 상황에서 소리를 지르는 특유의 스타일로 유명하다.

었다.

※ ※ ※

멋진 휴일을 넘어서, '내일 죽는 건 아닐까……?'라고 걱정이 되는 레벨.

오늘, 몇 번째일까. 수리 작업 중이던 손을 멈추고서 방을 둘러보고 마는 것은.

하얀색을 바탕으로 한 실내는 '세련'이라는 말이 어울렸다.

옷과 마찬가지, 인테리어 센스도 발군. 부드럽게 실내를 비추는 간접 조명, 흰색과 잘 맞는 초록색 관엽 식물, 액자로 장식된 아트보드 등등. 유리 테이블에 놓여 있는 대용량 녹차 페트병조차 올여름 추천 머스트 아이템으로 보였다.

YES, 지금 스즈모리 선배 집.

므흐흐한 이벤트 따윈 벌어지지 않는다는 것 정도는 안다. 하지만 나도 어엿한 물건이 달려 있는 사내. 꾸물꾸물&조마조마하고 만다.

"카자마 구―운."

"아, 넵?!"

죄송합니다, 그저 비실비실한 녀석입니다.

목소리가 들린 쪽을 돌아보니, 부엌에 있는 스즈모리 선배가 '이리 와' 하고 손짓으로 나를 부르고 있었다.

'뭘 두리번대는 거야'라고 매도당할 것을 각오하며 부엌으로 얼른 대시.

아무래도 부정한 마음을 간파당한 건 아닌가 보다.

"맛을 좀 봐줄래?"

"아, 예 기꺼이!"

이자카야 느낌의 대답을 하며 손을 내밀자, 냄비에서 조리 중인 해시드 비프를 작은 접시에 담아서 줬다.

냄새나 겉모습만으로도 맛이 전해지고, 입에 담자 확신으로.

"예. 죽을 만큼 맛있슴다."

"카자마 군 죽어 버리는 거야? 그러면 성대하게 태워 버릴까?"

"정정하겠습니다. 되살아날 만큼 맛있으니까, 그대로 먹게 해주세요."

"아하핫! 어쩔 수 없네."

웃어 주는 스즈모리 선배가 너무나도 천사라서 괴롭다.

부엌에서 알콩달콩. 자그마한 신혼 생활 놀이에 행복을 느끼고 마는 것은, 독신남이니까 어쩔 수 없다.

애당초 말이다, 스즈모리 선배의 이런 갭이 치사하다.

평소에는 정장을 입고 척척 일하는 커리어 우먼인데, 지금 현재는 앞치마차림에 머리를 한데 묶은 가정적인 여성 모드. 휴일에 자기 집에 있기도 하니, 평소 이상으로 부드러운 미소가 가득한 것도 치트 요소 중 하나겠지.

온라인 게임이었다면 신고 버튼으로 손을 뻗을 자신밖에 없다.

하지만 행복한 기분과 같을 만큼, '면목 없음'도 느끼고 있었다.

"어쩐지 면목이 없네요."

"응? 왜 사과하는 거야?"

"아니, 그게 말이죠. 평소의 은혜를 갚을 생각으로 수리를 맡았는데, 저녁식사를 대접받는 거니까요."

내가 수리를 하는 무료한 시간, 스즈모리 선배는 같이 먹을 저녁을 만들고 있었다.

얼핏 합리적으로 보이겠지만, 이래서는 플러스마이너스 제로. 은혜 갚기라는 느낌이 약해지는 건 말할 필요도 없다.

면목 없다는 내 심정 따위 그게 뭐야. 스즈모리 선배는 전혀 개의치 않는 모습으로.

"아낀 수리비로 맛있는 걸 먹을 수 있으니까. 나로서는 만만세야."

"만만세……라는 걸로 괜찮을까요."

"괜찮아 괜찮아. 게다가 말이지, 이럴 때가 아니면 딸 수가 없거든."

의미심장한 발언에 무심코 고개를 갸웃거렸다.

"딸 수가 없다? 저기, 뭘 딸 수가 없는——, ……앗."

말보다는 증거라고 할까. 콧노래와 함께 스즈모리 선배가, 상 아래에 있는 수납공간에서 '어떤 물건'을 꺼냈다.

"와인?"

"정답―♪"

스즈모리 선배가 들어 보인 것은, 병에 든 레드 와인.

이탈리아산, 프랑스산, 또는 칠레산? 어학이 부족한 나로서는, 라벨에 적힌 문자만으로 어디 와인인지 분간이 되지 않았다.

그래도 말이다. 영어검정 3급인 나라도 'GRAND'나 'Classe A'라는 단어가 강력한 아우라를 두르고 있다는 것 정도는 안다.

"저기, 스즈모리 선배? 그 와인에서 유키치*의 망령이 여럿 보이는데요. 솔직히 엄청 고가의 와인이죠……?"

"…………. 에헤헤……."

뭐야, 그거. 귀여움과 기겁의 양립.

나보다 많이 버는 사람이 멋쩍은 듯 작게 혀를 내민다는 건, 예상 이상의 유키치들이 성불하고 있을 가능성 큼.

"거래처 사람한테 계속 부조리하게 혼이 난 주가 있어서. '엄청 짜증나~~!'라고 생각한 주말의 귀갓길, 백화점에서 충동구매 해버렸어."

"그렇군요……. 실컷 사기는 했지만, 따서 마시는 건 주저했다는 느낌임까……."

---

*일본의 10000엔짜리 지폐에 새겨진 위인. 즉 해당 와인은 수만 엔, 원으로 환산하면 수십만원짜리가 된다.

"부끄러운 이야기지만, 그런 느낌입다."

흉내 내면서 웃을 때냐. 귀엽지만.

스즈모리 선배의 스트레스 해소 방법은 아무래도 충동구매인가 보다.

사회인, 하물며 사축이라면 스트레스 발산 방법을 한둘은 가지고 있어서 나쁠 건 없다. 자랑은 아니지만 나도 가지고 있다.

나의 스트레스 발산 방법은 FPS나 TPS 게임에서 짜증 나는 녀석을 떠올리며 머신건을 난사하거나, 노래방의 장시간 패키지로 처리하고 싶은 녀석을 괴롭히는 노래를 열창하거나. 주로 대머리 부장을 떠올리는 것은, 잘 아시다시피.

커리어 우먼인 스즈모리 선배도 스트레스가 쌓이는 일은 있다며 오히려 안심해 버렸다.

"그러니까 사양 말고 같이 마시자. 사내 공모에서 카자마 군의 안이 채용된 축하도 겸해서. 알겠지?"

정말로 치사하다. 이런 음주 강요라면, 매일이라도 당하고 싶다는 생각이 드는 중독성이 있으니까.

동경하는 선배의 말에 기꺼이 따르기로 결정했다.

"그러네, 요. 그렇다면, 애써 준비해 주셨으니 맛있는 요리와 와인을 먹도록 할게요."

"응 ♪"

희희낙락한 표정의 스즈모리 선배가 부엌에서 다시 요리

를 시작하고, 나도 일을 마치고자 의기양양하게 거실로 돌아왔다.

스스로도 단순한 남자라고 생각한다.

※ ※ ※

"좋아. 고쳤다……!"

부품 교환 작업도 마치고, 키보드 체커로 상태가 괜찮은지도 확인 완료.

등을 쭉 펴며, 창문으로 비쳐드는 저녁 햇살을 한가득 받았다.

오토록 방식의 고급 아파트라는 것만으로도 황송한데 볕도 잘 든다.

볕? 그거 뭐야, 먹는 거야? 가르쳐 줘 환경 평가 상태인 우리 집과는 천지차이였다.

헛된 애달픔이나 패배감을 맛보고 말았지만, 최후의 동작 확인을 지켜봐 주던 스즈모리 선배의 미소를 봤더니 마이너스한 감정 따윈 간단히 날아갔다.

"정말로 고마워. 카자마 군이 고쳐 준 덕분에, 내일부터도 척척 일할 수 있겠어."

"아뇨아뇨. 내일부터는 너무 무리하지 않도록 일을 하셔야죠."

"어—. 그럼, 내일부터는 카자마 군한테 잔뜩 일을 돌려 버릴까?"

"⋯⋯⋯⋯⋯⋯예이."

"아하핫! 싫다는 거 훤히 드러나네!"

'농담, 농담' 하고 어깨를 위아래로 흔드는 스즈모리 선배는, 그대로 벽걸이 시계를 주목했다.

시각은 18시 전. 해 질 녘이라고 할까.

"조금 이르지만 저녁을 먹을까. 배도 고프잖아?"

"솔직히 말하면, 엄청 고파요. 역시 이상한 시간에 일어나는 건 좋지 않네요."

"그래그래. 규칙적인 생활이 제일이야."

앞치마를 고쳐 입은 스즈모리 선배가 부엌으로 향하더니 그대로 밥통을 열었다.

취사된 밥이 물씬 김을 피워 올리자 그것만으로도 공복감이 강해져 버렸다.

"이제 버터라이스 볶으면 완성이니까. 미안하지만 조금만 더 느긋이 기다려줘."

"아. 잡일 정도라면 저도 할 수 있으니, 팍팍 써주세요."

'쓰게 해줄 거야?'라고 묻는 누님에게 에로스를 느끼고 만 것은 여기에서만 하는 이야기.

"으—음. 그럼, 손님용 테이블이랑 의자 쪽 준비를 부탁할까."

"그야 쉬운 일이죠. 수리한 노트북은 어떻게 할까요?"

"여기 두기도 그렇네. 미안하지만 침실에 가져다 줘."

대답과 함께, 전원을 끈 노트북을 들고 이동을 개시.

침실. 그것은 다시 말해 거실 이상으로 사적인 공간.

그런 공간으로 들어갈 수 있다는 건, 후배로서 신용받고 있는 증거겠지.

'전혀 이성으로 보이진 않는 거잖아?'라는 고찰에도 다다르고 마는 것이 힘겨운 부분이겠지만.

그런 생각을 해봐야 슬퍼질 뿐. 얼른 임무를 완료하고자 침실 문을 열었다.

처음 본 감상.

월세 10만엔으로 셋방에 살게 해주세요.

감귤 계열의 방향제가 방 전체를 감싸고, 세미더블 사이즈의 침대는 언제라도 꿈의 세계로 들어갈 수 있도록 확실하게 세팅되어 있었다. 시트 위에는 평상복으로 보이는 폭신폭신한 파카가 아무렇게나 놓여 있어서 가벼운 생활감이 GOOD.

귀여운 취미도 가지고 있나 보다. 손바닥 사이즈의 인형들이 자그마한 전용 선반에 진열되어 있고, 의외로 거실보다도 침실 쪽에서 더욱 본래의 모습이 드러나고 있을지도 모르겠다.

갭을 느끼며, 그녀'다운' 모습도 강하게 느꼈다.

"역시 엄청 공부를 하는구나."

컴퓨터 책상에 노트북을 놓으며 옆의 책장으로 주목.

자격과 관련 있는 교본도 있고, 비즈니스 스킬을 키우기 위한 실용서도 있고. 3단인 책장 대부분이 면학 서적으로 채워져 있었다. 슈에이샤나 코단샤, 쇼가쿠칸*으로 가득한 우리 집 책장과는 무척 달랐다.

우리 회사에 자격 수당 같은 멋진 제도가 없다고 해도, 직속 상사가 이렇게까지 노력하고 있는 것이다. 나도 무언가 해야 한다는 감정 정도는 싹튼다.

'뭔가 추천하는 책이라도 빌려 갈까'라고 생각하며 책을 음미하는데, 문득 아랫단 왼쪽 구역으로 시선이 빨려들었다.

역시나 우리 회사의 패셔니스타. 패션 공부에도 여념이 없는지, 패션 잡지 각 월호가 정돈되어 꽂혀 있었다.

하지만.

"이건——."

어느 한 권에서 위화감을 느끼고 말았다.

전부 같은 시리즈의 패션 잡지가 꽂혀 있음에도 불구하고, 그 한 권만은 다른 시리즈의 패션 잡지.

다른 시리즈라서 위화감을 품은 것은 아니었다. 연월이었다.

다른 잡지가 모두 올해 발간인 것과 달리, 그 잡지만큼은 7년 정도 전의 책이었다.

---

*각각 소년 점프, 소년 매거진, 소년 선데이라는 유명 만화 잡지 및 단행본을 출간하는 일본의 대형 만화 출판사.

전혀 짐작이 가지 않았다.

──고 한다면 거짓말이다.

어쩐지 이유를 알 수 있었기에, 그 잡지로 쭈뼛쭈뼛 손을 뻗고 말았다. 호기심에 따른 고동이 점점 커졌다.

책등만이 아니라 표지까지 봤더니 호기심은 확신으로.

"오오……! 역시……!"

사막을 방랑하는 여행자가 오아시스를 발견한 것 같은.

그만한 감동이 가슴 안쪽에서 온몸으로 단숨에 치밀어 올랐다.

남자인 나라도 알고 있는 유명 패션 잡지의 표지를 장식한 것은, 20세 정도의 여성.

모델의 이름은 MIRA, 미라.

밝게 염색한 머리카락은 폭신한 펌, 투명한 느낌이 발군인 하얀 피부, 어른스러운 외모에는 조금 화려한 편인 화장이 딱.

의연하고 시원스러운 두 눈에 눈을 맞추면 잡지를 손에 든 사람의 마음을 붙잡고 놓지 않았다.

여유조차 느껴지는 미소를 마주하면 남녀 불문하고 매력에 사로잡히고 만다.

무척 인기 있는 모델이겠지. 표지에 새겨진 문구에는 '팬투표 3년 연속 1위!' 'MIRA의 7Days 코디' '#MIRA 어른스러운데 귀여워' 등등.

'패션 잡지라기보다 MIRA 정보지 아냐?'라는 말을 하고 싶어질 정도의 특집 분위기. 젊은 아이들의 인플루언서였다는 것을 쉽게 상상할 수 있었다.

젊을 적에도 이렇게까지 빛났던 것이다. 지금 현재는 분명히 예쁜 누님이 되어 있지는 않을까.

그렇다고 할까.

"실제로 예쁜 누님이란 말이지."

"카자마 군, 테이블이랑 의자, 어디 있는지――."

"에. 아――???!!!"

무척 그립다. 내 방에서 야한 DVD를 신이 나서 보고 있었는데, 엄마가 갑자기 들어온 것 같은.

"……그, 그 잡지……!"

문 앞. 거실에서 들어온 스즈모리 선배가, 의연한 두 눈을 크게 뜨고 있었다.

그야 그렇지. 후배가 금단의 책을 빤히 보고 있으니까.

"엇, 그, 그게! 아하하하하하……!"

그야말로 아무 말도 못 하겠다.

하지만 이대로 아무런 변명도 못 한다면, 전날의 이나바와 같은 엔딩이 기다리고 있으니.

아직 죽고 싶지는 않으니까, 최선을 다한 억지 미소로 말할 수밖에 없었다.

"으음, 이 책 빌려주시지 않겠어요? ……MIRA 선배?"

"~~~~읏! 비, 빌려줄 리가 없잖아! 그보다도 그 이름으로 부르지 마, 바보————!"

"우와아아아아아악! 바보라서 죄송합니다아아아아아!!!"

내가 폭탄처리반이었다면 대실패였다고 생각한다.

9화: 스즈모리 쿄카는 커리어 우먼……만이 아니고?

인기 독자 모델, MIRA.

그 정체는 틀림없이 스즈모리 선배.

아무리 유명인에 열광적인 팬이 있었다고는 해도, 당시부터 꾸미는 것에 그다지 흥미가 없었던 나는 스즈모리 선배가 독자 모델로 활동했다는 사실 따윈 전혀 모른 채.

입사식에서 처음 인사했을 때는, '예쁜 누님이구나—' 정도의 감상이었다.

옆에 있던 동기 이나바가 깨닫기 전까지는.

"아, MIRA다."

단단히 팔을 붙잡힌 이나바가 복도까지 끌려가던 순간을 지금도 선명하게 기억하고 있다.

그 후, 이나바와 마시러 갔을 때, 스즈모리 선배가 젊은 층 대상의 패션 잡지에서 간판 모델이었다는 사실, 그야말로 성공가도였음에도 불구하고 갑자기 은퇴해 버렸다는 사실 따위를 비밀리에 들었다.

그날 밤 귀갓길은 MIRA에 대해서 검색할 수밖에 없었다.

당연히 검색 결과에는 MIRA라는 이름의, 어린 스즈모리 선배의 사진이나 기사 따위가 잔뜩 나왔다. 수영복 사진이나 스리사이즈 같은 귀중한 정보도 가득. 어느샌가 캡처하고 있었다.

귀중한 정보도 그렇거니와, 화장이나 헤어스타일만으로 이렇게까지 인상이 바뀌는 법이구나 충격을 받은 것이 솔직한 감상이었다.

남의 말도 석 달. 누구에게도 들키지 않고 사회에 녹아드는 스즈모리 선배가 굉장한 것인지, 첫 대면에서 갑자기 MIRA의 존재를 알아차린 이나바가 위험한 것인지.

이상. 전직 인기 독자 모델, 현직 커리어 우먼.

하이 스펙이면서 조금 미스테리어스한 경력을 가진 여성이 바로, 스즈모리 쿄카라는 존재다.

※ ※ ※

"카자마 군, 와인 더 줘!"

"저기, 스즈모리 선배? 이 와인 엄청 비싼데요……."

"마시지 않을 수가 없습니다!"

"예이……."

이 이상 의견을 올리려고 한다면 와인병에 머리가 쪼개질

가능성 있음. 떨리는 오른손을 왼손으로 누르며, '음!' 하고 비어 있는 잔을 내미는 스즈모리 선배에게 따라 줬다.

투명한 잔이 루비색 액체로 가득차고, 취한 누님은 쭈욱 한 모금.

넘쳐나는 기쁨을 억누를 필요는 없다며 황홀한 표정으로 멍하니.

"음~~~~ ♪ 샤토가 복잡해서 리치~~~ ♪"

뭘까. 비슷하게 일본주를 좋아하는 여자가 있었던 것 같다.

어째서 우리 회사의 여사원은 이렇게까지 술에 강한가.

사풍?

한바탕 일을 마친 본래라면, 즐겁고 또 즐거운 회식 시간 이었을 테지.

테이블에 놓여 있는 해시드 비프, 카르파초풍 샐러드, 오 리고기와 크림치즈 모듬 등등, 극진한 풀코스와 와인을 가 득히 먹고 행복을 잔뜩 즐기고 있었을 테지.

지금 현재, 식사에 집중할 수 없는 것은 어째서일까.

"정말이지! 카자마 군은 섬세하질 못하다고! 여성의 방을 뒤지다니 변태라고!"

"예…… 변태라서 죄송합니다……."

정답은, 내가 패션 잡지를 들여다봤으니까.

아무리 고가에 맛있는 와인을 마시더라도, 스즈모리 신님 의 기분은 여전히 상한 그대로.

그런 선배의 얼굴이 붉은 것은 취했으니까? 화났으니까?

양쪽 모두겠지.

그리고 또 하나.

"~~~읏……! 어릴 적의 날 봤어……!"

부끄러우니까.

평소에는 여유 가득한 누님이, 더없이 수치심에 몸부림치고 있었다. 양손으로 달아오른 얼굴을 덮고, 슬리퍼를 찰딱 찰딱 울리는 광경은 '모에'라는 말이 잘 어울렸다.

무지하게 성실하지 못한 태도이지만.

"그렇게까지 부끄러워 할 것 없잖아요. 알몸을 보인 것도 아니고."

"으으…… 알몸을 보여 주는 편이 차라리 나을 정도야."

"…………예?! 그거, 지금 여기서 기억을 날릴 수 있다면 알몸을 보여 주겠다는 거──."

"그렇게까지 보고 싶다면, 기억을 날리는 걸 도와줄까?"

"히익……!"

변신했습니까? 그렇게 물어보고 싶을 정도.

모에에서 공포로. 양손이 가면처럼 스즈모리 선배에게서 떨어져 나가자, 날카로운 것을 넘어서 번뜩이는 눈빛으로 노려봤다. 기억은커녕 머리가 날아가는 환상밖에 떠오르지 않게 되어 버렸다.

에로스보다 목숨이 중요.

"죄, 죄송함다……. 기억은 스테이하는 방향으로 부탁드립니다……."

"솔직해서 좋네."

'너는 변태가 아니라, 초변태야'라고 승격은 했지만, 소중한 목숨을 지킬 수 있었으니 충분하다.

떨어질 곳까지 확실하게 떨어지면 목숨 말고는 무엇을 잃더라도 무섭지 않다.

초변태인 소생, 쭈뼛쭈뼛 거수.

"저기, 스즈모리 선배. 질문 괜찮을까요?"

가정교육을 잘 받았다는 게 엿보였다. 한입 사이즈의 오리고기를 막 입으로 옮긴 스즈모리 선배는, 말하는 대신에 고개를 갸웃거렸다.

그 제스처만으로는, 허가가 나왔는지까지는 모르겠다.

하지만 아무 말도 못 하는 지금이야말로, 그냥 질문을 해 버리자고 생각했다.

"스즈모리 선배가 인기 독자 모델—— MIRA였다는 걸 감추고 싶은 이유는, 그저 부끄러워서 그러는 것만이 아닌 거죠?"

"윽!"

음식을 씹으며 듣고 있던 스즈모리 선배의 움직임이 멈췄다. 긴 속눈썹이 흔들렸다.

계속 굳어 있을 수만도 없겠다고 생각했을 테지. 스즈모리 선배는 물의 힘을 빌려서 입 안을 싹 비우고, 그대로 물었다.

"어째서 그렇게 생각해?"

"으음……. 확신을 가진 건 아닌데요. 이번과 지난번의 반응이 꽤 다른 것 같았으니까 그럴까요."

"지난번? ──그, 요전 점심시간에 있었던 일, 말이지?"

"예."

지난번. 그것은 즉, 이나바가 스즈모리 선배가 독자 모델을 했다는 사실을 이나미에게 밝히려고 했을 때다.

"스즈모리 선배가 MIRA였을 무렵의 패션 잡지를 제가 들여다본 건, 지난번에 이나바와 마찬가지로 큰 잘못이라고 생각하거든요. 제가 말하는 것도 그렇지만."

자칫하면 이나바 이상의 형벌이 주어지더라도 이상하진 않았을 테지.

"그런데도 이번에 스즈모리 선배는 '분노'보다 '부끄럽다'는 감정이 강하게 보이거든요. 이나바가 이나미한테 비밀을 털어놓으려고 했을 때는, 진심으로 이나바를 처리하고 왔는데."

"무슨, 사람을 암살자처럼 말하진 말아 줄래……?"

"아무리 그래도 암살자라고 생각하진 않아요. 하지만 그만큼 필사적으로 이나바의 입을 막으려고 했잖아요."

"……뭐, 그렇기야 한데."

"뉘앙스가 어렵긴 하지만, '부끄러우니까 입을 다물게 만들고 싶다'라기보다, '이 이상 퍼지지 않았으면 하니까 입을 다물게 만들고 싶다'라는 느낌이 들었어요."

"⋯⋯."

마침내 스즈모리 선배는 입을 다물어 버렸다.

입을 다물었다기보다 생각에 잠긴 것 같기도 하고, 고민하는 것 같기도 했다. 분하다는 심정으로도 보이고, 살짝 토라진 것처럼도 보였다.

무슨 생각을 하는지는 모르겠다. 모르겠지만, 선배의 섬세하고 복잡한 감정은, 지금 마시는 와인처럼 여겨졌다.

그런 싸구려 같은 표현이 떠올랐기에, '나도 너무 많이 마셨나 보네'라며 반성의 기색이 드리웠다.

"아하하⋯⋯ 죄송해요. 조금 지나치게 파고들었네요. 그, 스즈모리 선배가 말하고 싶지 않다면 그냥 넘어가도――."

"치사해."

"어."

"이렇게까지 잔뜩 물어봐 놓고서는 가장 마지막에 취소하려는 거, 치ㆍ사ㆍ해."

이 사람 뭐야, 완전 귀여운데.

뾰로통하게 미간을 찌푸리고 뺨을 부풀린 스즈모리 선배는, 귀여운 걸 넘어서 사랑스러움 100배. '치ㆍ사ㆍ해'라고 또박또박 끊어서 말하는 게 치사하다.

의연한 누님의 귀여운 모습에 시선을 빼앗겨 있을 때가
아니었다.

"저기……. 그렇다는 건, 저한테 비밀을 가르쳐 주지 못
할 것도 아니라는 건가요?"

알코올 때문에 살짝 불그스름한 스즈모리 선배의 얼굴이,
내 질문에 더욱 빨개졌다.

"──그건, 가르쳐 주지 못할 것도, 아니긴 한데……."

가르쳐 줘도 괜찮겠지만 마음의 준비가 되지 않았다는
걸까.

촉촉하고 윤기 나는 흑발을 연신 만지작거리고, 내 시선
에서 도망치듯이 커다란 눈동자가 좌우로 오가고.

와인잔으로 손을 뻗더니 빙글빙글 돌리기 시작했다. 얼핏
무의미한 행동으로도 보이지만, 마음을 가라앉히기 위한
행동이라면 얼마든지 계속 기다려 주겠다고 생각했다.

계속 기다린 보람은 있었나 보다.

"……있지. 웃지 말고 들어줄래?"

당연히 웃거나 놀릴 생각 따윈 털끝만큼도 없다.

그저 취한 기분으로 물어볼 생각은 없다고, 컵에 반 이상
든 물을 단숨에 비웠다.

그대로 자세를 바로잡자 진지한 심정이 전해졌나 보다.

스즈모리 선배는 나를 응시하며 말을 건넸다.

"MIRA로서가 아니라 스즈모리 쿄카로서 평가해 주길 바

라니까, 일까.”

“스즈모리 쿄카로서, 라고요?”

“응. 내 나름대로 노력해서 성과를 냈다고 생각하는데, ‘독자 모델을 한 덕분’이라는 말을 들을 것 같다면 업무의 모티베이션이 떨어지는걸.”

“──아.”

선배가 바라는 것을 어찌어찌 알 것 같았다.

혹시 이나미나 다른 사람이 과거를 알게 된다면, 앞으로 커리어 우먼인 스즈모리 쿄카가 아니라 인기 독자 모델이었던 MIRA로 보게 될지도 모른다.

사회인으로서 쌓아 올린 것들이 과거의 영광으로 흐려지는 걸 두려워하는 거겠지.

“그러니까 이나바가 이나미한테 퍼뜨리려고 했을 때, 전력으로 막으려 했군요.”

“설령 말할 생각이 아니라 농담이더라도 말이지.”

스즈모리 선배는 쓴웃음을 지었다.

“첫 대면인 미히로가 ‘아, MIRA다’라고 그랬을 때, 심장이 멈추는 줄 알았어.”

“그때는 저도 제대로 기억하고 있어요. 그 녀석은 기본적으로 남한테 흥미가 없는 주제에 이상한 부분은 날카롭단 말이죠.”

천재 기질이라고 할까, 괴짜 기질이라고 할까. 그것이 이나바 퀄리티.

"스즈모리 선배가 우리 같은 중견 블랙 기업에 들어온 건, 역시나 자신을 모르는 회사가 더 일하기 편했으니까 그런 건가요?"

"표현에서 악의가 느껴져⋯⋯. 하지만 뭐, 그렇겠네. 이 런저런 회사의 인턴십이나 면접을 받아 봤는데, 유일하게 내가 독자 모델이던 시절의 일을 파고들지 않았던 게 우리 회사야."

'호~' 하고 무심코 감탄하고 말았다.

역시 우리 회사. 젊은이의 트렌드를 따라갈 시간이 있다면 계약이나 더 따오라는 귀축 스탠스. 무지(無知)의 지(知).

몰랐던 나도 뭐라고 할 입장은 아니지만.

그래도 지금 이야기를 들었더니, 조금은 다시 보는 기분 도 샘솟았다.

"그렇다면 우리 회사도 의외로 얕잡아볼 수는 없을지도 모르겠네요."

"응? 어째서?"

"그게, 인기 독자 모델인 MIRA라는 걸 모르고서 스즈모 리 선배를 채용한 거잖아요? 그건 선배의 내면을 제대로 보 고 채용한 게 아닐까요."

"⋯⋯⋯⋯⋯."

"어, 어라?"

그야말로, '……어? 스즈모리 선배의 상태가……?' 상황.

어느샌가 스즈모리 선배의 눈동자에서 빛이 사라지지 않았나.

"……나한테도, '나의 내면을 보고 채용해 줬구나!'라며 들떴던 시기가 확실히 있었지요……."

"저기── 그런 게, 아닌가요?"

"입사하고 일주일이 지났을 때일까. 나를 채용한 당시의 상사한테, 술자리에서 들은 말이 있어."

창문 너머로 보이는 밤하늘을 올려다보며, 머나먼 눈빛으로 스즈모리 선배는 말했다.

"'너는 얼굴이 반반하니까, 영업에 맞을 것 같아서 뽑았다'라고."

"……어어."

전언 철회.

우리 회사, 안정된 쓰레기잖아…….

"내면도 뭐도 아니었단 말이군요……."

"그렇지?! 그렇게 생각하지!"

머나먼 눈빛에서 돌변. 눈물을 글썽이며 호소하는 스즈모리 선배가 애처롭다.

"심기일전, 열심히 할 생각이 가득해서 입사했는데 말이지. 막상 뚜껑을 열어 봤더니, '얼굴로 골랐습니다'라고? 너무하지 않아?! 영업에 맞을 것 같은 얼굴이라니 대체 무슨 얼굴이야! 그런 폭로만 하고, 어느샌가 퇴사하다니 뭔데?! 애당초 내가 지원한 분야, 디자이너였는데!"

홧김에 폭식? 숟가락을 덥석 붙잡은 스즈모리 선배가 해시드 비프를 한 입 두 입, 입 안 가득 밀어 넣었다. 화가 났을 터인데도 볼 주머니에 먹이를 채워 넣은 햄스터처럼도 보여서, 애석하게도 살짝 힐링을 받았다.

잠시 우물우물 타임. 해시드 비프와 함께 분노도 삼키자, 자세를 바로잡는 것도 바보 같다는 듯이 스즈모리 선배는 테이블에 뺨을 괬다.

"그 무렵에는 엄청 풀이 죽었단 말이지……. 유일하게 내 내면을 제대로 봐준 회사라고 생각했는데. 내정된 어느 회사보다도 내면을 안 봤다는 거니까……."

"신경 쓰지 말라는 말밖에 못 하겠네요……. 그보다 블랙 기업의 정도가 강할수록, 자사를 매력적으로 보이는 것에 능숙한 건 어째서일까요."

"모르지. 알았다면, 너도 나도 좀 더 좋은 기업에서 일하고 있을 거야."

"틀림없네요."

'하아……' 우울하게 한숨을 합창한 뒤, 둘이서 와인을 입에 머금었다.

더욱 떫게 느껴지는 건, 우리가 사축이기 때문이 틀림없다.

"저기, 스즈모리 선배."

"응?"

"지금 회사, 그만두자고 생각한 적은 없었나요?"

순수하게 신경이 쓰였다.

내 경우, 그저 그런 각오로 입사했다. '대단한 경력도 학력도 없는 내가 들어갈 수 있는 회사 따윈, 어디든 비슷비슷하겠지'라고.

그렇기에 이렇게까지 빌어먹을 회사라고 상정하지는 않았을지라도, 이를 악문다면 TKO를 당하지는 않을 정도로는 하루하루의 부조리나 스트레스에 견딜 수 있었다.

하지만 말이다. 스즈모리 선배는 다르다.

스즈모리 선배의 경우, 화려한 독자 모델 업계에서 심기일전, 리스타트하려고 했다.

자신의 내면을 제대로 보고서 채용해 준 회사의 기대에 부응하고자, 의욕과 희망으로 넘쳤다.

하지만 현실은 전혀 다르다. 내면은커녕 외면으로 채용했다고 커밍아웃해 버렸다. 일생에 한 번밖에 못 쓰는 소중한 신규 채용 카드를, 시시한 회사에 빼앗겨 버렸다.

서비스 잔업 · 휴일 출근 · 상사의 갑질 따위는 일상다반사. 그렇게 자신의 이상과 지독히 먼 환경에서 일할 바에는, 차라리 자신의 화려한 경력을 살려서 다른 기업으로 이직하는 편이 훨씬 나을 것 같다.

처음으로 돌아가서. 그렇기 때문에 신경이 쓰였다.

"스즈모리 선배의 경력을 살릴 수 있다면, 제2의 신규 채용도 전혀——."

"포기하려는 생각은 없어."

무심코 눈을 크게 떴다.

즉답이었다.

"그야, 그런 소릴 듣고 얕잡아 보이기만 하는 건 분하잖아."

테이블에 괜 뺨을 다시 떼고 제대로 등줄기를 편 스즈모리 선배는, 당황한 내게 더욱 뜨겁게 이야기했다.

"오히려 '짜증 나! 반드시 끽소리도 못하게 만들어 주겠어!'라든지, '얼굴뿐인 여자라고 생각했다면 큰 착각이야~!'라는 기분이 되잖아."

풀이 죽었다. 그러니까 이건 과거형.

지금의 이야기가 아니다. 과거의 이야기다.

부끄럽게도 이제 와서 떠올랐다.

그렇다. 이 사람은 이런 사람이다.

황홀한 외모와 달리, 사내의 누구보다도 지기 싫어하며 이기기 위한 노력을 아끼지 않는 우리 회사의 커리어 우먼. 우리의 이상적인 상사다.

부족한 지식을 보충하기 위해서, 모두가 인정하는 사원이 되기 위해서 계속 정진하겠지. 사내의 누구보다도 노력하고, 누구보다도 일했을 테지. 침실에 있던 책장을 보면 그런 건 쉽게 상상할 수 있다.

상상할 필요조차 없겠지.

스즈모리 선배의 현재 지위야말로, 모든 것을 이야기하고 있으니까.

"푸핫!"

"카자마 군?"

자신이 던진 질문이 얼마나 터무니없이 시답잖은 것이었는지 깨닫자, 그만 웃음을 터뜨리고 말았다.

그런 내 리액션에 스즈모리 선배는 착각을 하고, 알기 쉽게 날카로운 눈빛으로 토라졌다.

"너무하네. 어차피 '이 사람, 과음해서 뻔뻔스러워졌네' 같은 식으로 생각하는 거지?"

"아뇨아뇨아뇨! 그런 마음으로 웃는 게 아니에요."

"그럼 왜 웃었어?"

"그게 말이죠. 스즈모리 선배를 채용했을 당시의 상사는, 역시나 보는 눈이 있었구나 싶어서요."

"……. 뭐야~~."

'당신은 마음가짐이 아니라 사람을 보는 눈이 썩었어요', 그런 말이라도 하고 싶었을까.

그런 안타까운 선배에게 가르쳐 주는 것이다.

"그야 그렇잖아요. 끊임없는 노력으로 영업 실적 톱을 계속 유지하는 스즈모리 선배는, 누가 어떻게 봐도 영업에 맞는다고 할 수밖에 없겠죠."

그 말을 듣고서 처음으로 깨달은 것같이. 핵심을 푹 꿰뚫린 것같이.

의연한 두 눈에 보이는 작은 흔들림이, 무척 인상적이면서 예쁘다고 생각했다.

솔직해질 수 없는 나이일까. 또는 찬사를 받는 것이 심플하게 낯간지러운 걸까.

"──그렇게 말한다면, 그럴지도 모르겠지만……. 하지만 말이지? 내가 이렇게까지 업적을 남길 줄은, 회사로서는 전혀 예상하지 못했을 거라 생각하는데."

"오호라."

"뭐, 뭐야?"

"스즈모리 선배도 업적을 잔뜩 남기고 있다는 자각은 있구나 해서요."

"……읏! 바보! 선배를 놀리지 마!"

"하하핫!"

청순 계열 누님의 말꼬리 잡기 최고.

이만큼 호화로운 요리가 갖추어져 있지만, 부끄러워하는 누님이 눈앞에 있는 것만으로도 충분. 밥을 몇 그릇은 먹을 수 있는 레벨이었다.

그렇지만 우선사항은 배를 채우는 것도, 놀리는 것도 아니다.

"상층부의 아저씨들이 스즈모리 선배를 어떻게 평가하는

지는, 당연하지만 저로서는 알 수 없어요."

"? 으, 응."

"──하지만,"

내가 해야 할 일은, 리스펙트하는 선배를 리스펙트하는 것.

"우리 후배들은, 스즈모리 선배를 상대로 '원래는 인기 넘버원인 독자 모델이니까 계약을 딸 수 있었다'라든지, '미인이고 스타일이 좋으니까 출세했다'같이 생각하는 녀석은 하나도 없어요."

"읏……!"

스즈모리 선배의 얼굴은 취해서 붉은 건지 부끄러워서 붉은 건지 알 수 없었다.

그래도 잠자코 계속 귀를 기울여 주었다.

그렇다면 평소부터 신세를 지고 있는 선배에게, '나를 포함해서 많은 후배는 당신의 뒷모습을 보며 성장하고 있어요'라며 전하고 싶다.

예를 들자면 정말로 끝이 없다.

"스즈모리 선배가 아침부터 스타벅스를 이용해서 일하거나, 가능한 한 늦게까지 잔업하지 않으려고 하는 건, 후배를 배려하니까 그렇다는 것도 알아요. 다른 아저씨 상사들이랑 다르게, '자신이 편하려고' 그러는 게 아니라 '우리를 성장시키려고' 이따금 엄격하게 대하는 것도 저희는 알고 있으니까요."

손해 보는 역할이라 생각한다. 주의를 받거나 잔소리를 듣는 것은 피곤하지만, 하는 쪽은 더욱 피곤하다. 에너지도 소비한다.

내가 신입 햇병아리 시절, 잔뜩 주의나 지적을 당한 것은, 그만큼 나를 봐주고 신경을 써주었으니까. 진심을 다해 한 사람의 사회인으로 만들어 주려고 했으니까. 그런 당연한 일을 깨달은 것은, 사회인으로서의 자각이 싹트기 시작했을 때부터였다.

전언 철회.

예쁜 누님을 그저 놀리고 싶을 뿐일지도 모르겠다.

"제가 하는 말이니까 틀림없어요."

"어? ──어째서?"

득의양양한 표정이 되어버린다.

"스즈모리 선배가 가르친 후배 중에서는, 가장 손이 많이 간 것은 저일 테니까요."

"──아……."

이번에 자신이 발언한 기억은 제대로 있었는지, 스즈모리 선배의 입에서 한숨 같은 소리가 새어 나왔다. 그 반응을 볼 수 있었다는 것만으로, 제대로 했다고 할까 잘 먹었다고 할까.

그렇지만 달성감은 점차 희미해지고, 부끄럽다는 감정이 점점 웃돌았다.

"하하하……. 오늘이 평일이라면 실컷 늦잠을 잤을 정도니까, 아직 사회인으로서는 반편이겠지만요."

상사의 모닝콜에 '안녕하심까—!'라고 인사해 버릴 정도
니까, 반편이는커녕 1/3 정도일지도 모르겠다.

그런 순정이라고 할까, 바보 같은 생각을 하고 있었으니
까 그럴까?

혹은 까불다가 너무 놀렸나?

"이쪽으로 와."

"어."

무슨 일일까. 스즈모리 선배가 내게 손짓을 하는데?

솔직히 말하면 도저히 가고 싶지 않다. 미간에 잔뜩 힘을
주고 입을 굳게 다문 표정은, 명백하게 부끄러움보다도 분
노의 감정이 강해 보이니까.

하지만 아무리 그래도 '싫어요'라고 거절할 수도 없어서,
쭈뼛쭈뼛 테이블을 돌아서 스즈모리 선배 앞으로.

이곳이 선배네 집인지 선배의 데스크 앞인지도 헷갈리려
는 찰나.

"있잖아, 카자마 군."

"아, 예."

"취한 걸로 해줄래?"

"……응? 그건 무슨—."

"너는 정말로 귀여운 후배구나〜〜〜 ♪"

"어어어어엉?!"

그만 목소리가 거칠어졌다.

앉아 있었을 터인 스즈모리 선배가, 기세 좋게 내게 뛰어들었으니까.

아니다. 안겨든 것이었다.

"스스스스스즈모리 선배?!"

화가 난 게 아니라 이 순간까지 기쁨을 억누르고 있었나.

내가 다리에 힘을 주지 않았다면, 내가 받아 내지 않았다면 쓰러질 만큼 강렬한 포옹으로, 의태어로 비유하자면 '꽈아아아아악!' 정도의 표현이 어울렸다.

"아~~~ ♪ 평상시의 피로랑 스트레스가 단번에 날아가 버리네~ ♪"

'제가 할 말이에요'라고 외칠 여유조차 없었다. 그만큼 예쁜 누님의 상기된 체온, 머리카락이나 살결에서는 평소 이상으로 감귤 계열의 산뜻한 향기가 의식을 지배했다.

'지금 저는, 당신을 걱정하게 원합니다!' 하고, 수치심은 전무. 함무라비 왕도 혀를 찰 레벨로, 뺨에는 뺨, 배꼽에는 배꼽, 가슴팍에는 모양 좋은 가슴을 가져다 댔다.

여름과 겨울의 보너스가 단숨에 지급된다면, 누구라도 당연히 신이 난다.

"아무리 그래도 지나치게 캐릭터 무너진 거 아닌가요?!"

"뭐~~~? 하지만, 내가 열심히 기른 후배한테 칭찬을 받았다고? 그러면 꽉 끌어안고 싶어지잖아."

"선배가 예쁜 누님이 아니었다면, 고소를 당해도 어쩔 수 없는 일이니까요……?"

"어, 뭔데뭔데? 카자마 군은 날, 예쁜 누님이라고 생각해 주는 거야?"

"~~~웃! 아까 놀렸던 거 틀림없이 마음에 담아 두고 있었죠!"

"글쎄, 어떨까~ ♪"

더더욱 가득 밀착해 버리니 패배를 인정할 수밖에 없었다.

정말이지, 이 선배는 당할 수가 없다.

은혜를 갚을 수 있겠다고 생각했더니, 그 이상의 은혜로 돌아오고.

말꼬리를 잡았다고 생각했더니, 그 이상으로 말꼬리를 잡히고.

마무리는 눈앞 가득 펼쳐지는 엄청난 미소.

"카자마 군, 고마워. 오늘은 최고의 휴일이 되었습니다."

"! ……예, 예이."

'최고의 휴일을 얻었다'라는 충실함만큼은, 스즈모리 선배와 좋은 승부를 펼칠 수 있지 않을까.

"후훗! 카자마 군! 언제까지 부끄러워 할 거야?"

"아니──! 그렇게 계속 끌어안고 있으면, 당연히 계속 부끄럽다고요!"

"아하하! 얼굴 새빨개서 귀여워~ ♪"

기쁜 건지 취한 건지 모르겠지만, 이후로도 한동안 허그라는 보너스 스테이지는 이어졌다.

압도적으로 내 쪽이 최고의 휴일인데요.

※　※　※

호화로운 디너랑 보너스 스테이지가 끝나고, 스즈모리 선배의 아파트에서 역으로 가는 도중.

평소라면 한여름의 들러붙는 것같이 후텁지근한 더위에 그저 시달릴 뿐이지만, 에어컨으로 적당히 식은 몸에다가 온몸을 도는 알코올을 분해하기에는 이 정도 기온이 기분 좋다.

옆을 걷는 스즈모리 선배 역시도, 지나칠 정도로 기분이 좋은 걸지도 모르겠다.

"네?! 때렸다고요?!"

당시를 추억하듯, 스즈모리 선배는 쿡쿡 계속 웃었다. 부정하지 않는다는 건, 그렇다는 거겠지.

내가 뒤집어진 목소리를 터뜨린 이유.

MIRA, 스즈모리 선배가 독자 모델을 갑자기 은퇴한 이유를 들었으니까.

평소라면 절대로 이야기해 주지 않는다. 그럼에도 불구하고 시원스럽게 말해 주는 건, 틀림없이 '오늘은 최고의 휴일'

이라고 말할 정도기에 그런 게 틀림없다.

하지만 말이지, 그런 MIRA였던 스즈모리 선배가 누구를 때렸느냐면──.

"프로듀서 안면에 주먹이라니, 그건 큰일이겠죠……."

어두운 골목길, 가로등의 희미한 불빛이 기겁한 내 표정을 스즈모리 선배에게 드러냈다.

스즈모리 선배로서는 내 반응이 바라던 게 아닌 모양.

"말해 두는데, 나도 이유 없이 때린 건 아니니까 말이지?"

"그럼 왜 때렸나요?"

예상 못 한 질문도 아니겠지.

그런데도 스즈모리 선배는 공들여 손질한 머리카락을 만지작거리기 시작했다. 취기도 어지간히 가셨을 텐데, 또다시 얼굴을 붉게 물들였다.

마음을 먹었는지, 나를 직시하지는 못하고 작은 목소리로 말해 주었다.

"이른바, 그게…… 베, 베개 영업을 가져와서……."

"…………. 으아……."

예상하지 않았던 생생한 단어에 말문도 막힐 수밖에.

베개 영업.

업무 상 관계가 있는 사람들끼리 성적인 관계를 맺어서, 업무를 유리하게 진행하려 하는 영업 수법 중 하나.

성적인 관계가 팡팡이나 앙앙하는 행위임은 아시다시피.

화려한 업계인 만큼, 그 뒤로는 어둠이라고 할까 뭐라고 할까…….

"그런 이야기가 실존하는군요. 편의점 잡지 코너에 놓여 있을 법한 폭로 서적은 틀림없이 엉터리라고만 생각했는데."

"응. 전부 다 실화인 건 아니겠지만, 적잖이 있는 모양이야. ——설마 당사자가 될 줄은 생각도 못 했지만……."

그야 그렇겠지. 베개 영업을 각오하고 활동하는 사람이 소수일 테니까.

"그렇다고 해도, 역시나 과감했네요. 높으신 분의 안면을 때리다니."

"그게 말이지! 정말로 끈질겼다고."

미간을 찌푸리고 정말로 싫다는 표정을 지었으니까, 어지간히도 끈질겼나 보다.

"갑자기 도쿄의 사무실로 호출하는가 싶더니, '연예계 데뷔를 대대적으로 밀어줄 테니까, 내 여자가 돼'라고? 대학교 강의를 쉬면서까지 왔는데, 첫 마디가 이거였으니까 말이지?"

"그건 참 안타깝네요……."

"으으~~! 지금 다시 떠올린 것만으로도 소름 돋아……!"

한여름의 납량, 괴담 느낌으로?

화자임에도 불구하고 스즈모리 선배는 드러낸 가느다란 팔을 몇 번이나 계속 문질렀다.

미인이 득을 보는 세상이라고만 생각했는데, 안타까운 채용 담당자라든지 베개를 들이미는 변태 프로듀서라든지 미인은 미인대로 마음고생이 끊이질 않나 보다.

"내가 어설프게 대처했더니 더더욱 몰아붙이고. 갑자기 내 손을 애인처럼 붙잡는가 싶었더니 '일단 호텔에 가서, 몸의 상성을 확인할까'라느니……!"

"그, 그렇군요……. 그래서 정의의 철퇴를 먹인 거군요."

힘껏 끄덕인 선배는, 'VTR 재현도 얼마든지'라고 그러듯.

"붙잡은 손을 풀고──, 그 기세 그대로 화아아악! 하고."

굉장하게도, 눈앞에 없을 터인 프로듀서가 선배의 오른손 훅에 날아가는 형상이 보였을 정도.

지금만큼은 커리어 우먼인 스즈모리 쿄카가 아니라 간판 독자 모델인 MIRA.

끓어오르는 기분을 억누를 수가 없는지, 선배는 소리 높여 마지막 대사를 던졌다.

"바닥에 뻗은 프로듀서한테 말해 줬어. '여자를 얕보지마! 누가 당신 따위한테 처음을 주겠냐─!'라고!"

"어어?! 처, 처음?!"

스스로도 너무나 바보같이, 지나치게 음흉한 반응이라고 생각했다.

하지만, 어쩔 수 없잖아.

스즈모리 선배의 버진 정보라니, 너무 충격적이잖아……!

상상하던 반응과 전혀 달랐는지, '으에?' 하며 선배는 조금 얼빠진 목소리를 냈다.

하지만.

"……———아."

3초 후에는 자신이 터무니없는 실언을 했다는 사실을 깨닫고 말았다.

깨닫고 말았지만 이미 늦었으니. 얼굴은 순식간에 달아오르고, 너무나도 부끄러워서 커다란 눈은 깜박이는 것을 잊는다. 입은 뻐끔뻐끔 뻔히 보일 만큼 동요하고 있었다.

어른스러운 누님의 레어한 표정이었다.

"~~~~읏!"

"스, 스즈모리 선배?!"

스즈모리 선배는 내 양쪽 어깨를 단단히 붙잡더니 마구잡이로 흔들흔들.

귀여운 것 이상으로 가엽다.

"으아아아아~~~~! 지, 지금 그건 없었던 걸로! 정말로 거짓말이니까 잊어 줘! 아니, 잊어 버려!"

"아, 안심하세요! 저, 입은 무거운 타입이니까 아무한테도 말 안 해요! 스즈모리 선배의 미경험 정보, 확실히 무덤까지 가져갈게요!"

"바보, 그런 정보를 확실히 가져가지 마!"

한산한 신호등 아래. 다 큰 어른이 했느니 안 했느니 마구

떠드는 건 대체 뭘까.

어쨌든. 더없이 바보 같구나.

이 이상 바보가 되고 싶지는 않으니까. '지금은 경험을 했나요?'라는 더없이 섬세하지 못한 질문도 무덤까지 가져가자고 생각했다.

10화: 소바 면수는 우리의 에너지드링크

　스즈모리 선배로 가득했던 휴일도 지나고, 평소와 같은 아침이 시작되었다.
　'평소와 같은 = 일한다'라는 고정관념이 완성된 것이 사회인으로서의 긍지라고 할까, 사축으로서의 체념이라고 할까.
　스스로 말하고서도 울 것 같다.
　"마사토 선배, 안녕하세요—♪"
　"어, 안녕."
　출근하자마자, 평소 그대로의 미소로 인사를 건네는 것은 이나미.
　잔뜩 마신 다음 날에도 기운이 가득한 녀석이니까, 휴일 다음 날 정도 되면 차고 넘치게 기력이나 체력이 풀로 충전되는 모양이었다.
　이나미는 데스크에 자료랑 노트를 펼치고서 자습 중으로, 남아도는 에너지를 낭비하지 않는 모습은 그저 훌륭하다고 할 수밖에 없었다.
　굳이 신경 쓰이는 점을 들자면.
　"어째서 내 자리에서 작업 중이야?"
　"후배가 기특하게 노력하는 모습을, 마사토 선배에게 가장 먼저 전할 수 있을 것 같아서요!"

"기특함이라고는 요만큼도 없어……."

"기특한 게 아니라, 열심히 한다든지 그러는 편이 나았을까요?"

의도를 커밍아웃한 시점에서 아웃이다, 바보 녀석.

아무리 이나미라도 선배의 자리를 계속 차지하고 있을 정도로 뻔뻔하지는 않다.

'자리 비켜'라고 손을 내젓자, '치― 칭찬해 줘도 될 텐데'라고 투덜대면서도 데스크 주위를 정리했다.

정리를 마친 이나미가 의자를 빼줘서 별 생각 없이 내 자리에 앉았다.

다시금 이나미가 들고 있는 자료가 시야에 들어왔다.

"아, 오늘 갈 회사 예습했나."

"예. 오늘이 제 데뷔전이니까요!"

의욕이 넘치는 이나미는 쉭쉭, 입으로 소리를 내며 섀도복싱을 시작했다.

선배의 안면 앞으로 플리커잽 날리지 말라고.

물론 오늘 이나미가 권투 선수로서 데뷔하는 건 아니다.

무슨 데뷔전인가 하면, 이나미가 스스로 약속을 잡은 회사에 상담을 가는 날이었다.

이제까지는 내 건에 이나미가 동행하는 형태가 메인이었지만, 최근에 성장한 이나미를 고려하면 이쯤에서 다음 스텝을 밟아도 되지 않겠나 하는 판단이었다.

이나미가 예의 바르게도 머리를 숙였다.

"오늘은 동행 잘 부탁드려요."

"어. 뭐, 가능한 한 커버는 할 테니까, 편안하게 해."

'편안하게 열심히 할게요'라며 양손으로 파이팅 포즈를 취하는 이나미에게서는, 긴장이나 불안의 기색은 전혀 느껴지지 않았다. 오히려 '계약은 내게 맡겨라!'라고 하는 열정이 여실하게 느껴질 정도였다.

장하구나. 내가 처음 거래처 상담을 맡은 날 아침에는, 우울한 기분만 가득했는데.

이것이 가진 자와 가지지 못한 자의 차이일까.

모티베이션 말이다.

"둘 다 안녕."

"아. 안녕하심──, 안녕하세요."

입술에 손가락을 대고서 웃는 스즈모리 선배한테는, 나의 얕은 생각 따위 훤히 보여서.

"후훗. 안녕하심까, 라고 평범하게 쓰면 될 텐데."

"……어, 예. 안녕하심까."

"예, 안녕하심까♪"

아침부터 예쁜 누님에게 놀림을 당한다. 이 이상의 행복이 존재할까.

스즈모리 선배의 오른손에 주목. 오늘은 아침에 스타벅스를 들르지 않았는지, 손에 든 것은 편의점의 컵 커피.

어젯밤에는 '환타 포도맛인가요?'라고 묻고 싶어질 정도로, 고급 와인을 그렇게 들이켜 댔으니. 아무리 커리어 우먼이라도 아슬아슬한 시간까지는 침대가 사랑스러웠나 보다.

"스즈모리 선배, 어제는 잘 먹었어요."

"아니, 나야말로. 수리만이 아니라 불평까지 들어줘서 정말로 고마워."

"불평뿐이라도 얼마든지 들어드릴 테니까, 필요하다면 언제든지 써주세요."

"아하핫. 새로운 스트레스 발산 방법이 생겼을지도."

눈앞에서 마음 편히 웃고 있으니까, 그 말에 거짓은 없겠지.

나를 써서, 스트레스 발산.

응……. 살짝 에로스가 느껴지는구나.

이나미가 느끼는 것은 에로스보다 의문.

"잘 먹었어요? 수리?"

"아, 어제 스즈모리 선배랑 만났거든. 노트북 수리하려고."

"……예에?!"

이나미가 거친 목소리로 따지고 들었다.

압박이 굉장하다.

"어째서 절 부르지 않았나요?!"

"어째서기는……. 너, 컴퓨터 수리할 수 있어?"

"전혀 없어요! 하지만 응원은 할 수 있어요!"

그게 뭐야, 완전 필요 없는 옵션.

'이 녀석은 언제든 마실 수 있다'라고 생각한 걸까.

이나미는 내 상대를 포기하고, 쓴웃음을 짓고 있는 스즈모리 선배로 타깃을 바꾸었다.

"좋겠다, 좋겠네! 어디서 마셨나요? 화려한 와인바 같은 곳인가요?"

"허어?!"

쓴웃음에서 돌변, 스즈모리 선배는 얼굴을 물들였다.

"……그게. 내 집에서, 예요."

그건 솔직하게 말할 필요 없었을 텐데.

딱히 꺼림칙한 짓은 전혀 안 했으니 감출 필요는 없을지도 모르겠다.

하지만 때와 경우에 따라서는 오해를 부를 가능성이 있으니까.

이것 봐.

"!!! ……호, 혹시, 잘 먹었다든지 새로운 스트레스 발산 방법이라는 건 야한──."

"그럴 리가 없잖아, 바보!" "~~~웃! 야한 거 안 해요!"

휴일 다음의 아침은 소란스럽다.

※ ※ ※

"정말로 아무 일도 없었나요?"

"그러니까 아무 일도 없었다고."

자루소바를 먹으며 빤히 바라보는 이나미의 눈빛은 '의혹' 그대로.

상담 전 점심식사. 소바집에 들어와서도, 맞은편에 앉은 이나미가 아침에 있었던 일에 대해서 물었다.

아침에 있었던 일. 나와 스즈모리 선배의 관계에 대해서.

"오늘 상담을 성공시키려고, 저는 집에서 열심히 연습했는데."

"쉬는 날 정도는 느긋하게 보내."

"그럼 어째서 권유해 주지 않았나요!"

"매번 술자리로 이어지잖아! ──아, 내 닭튀김!"

내 튀김 접시로 젓가락을 뻗은 이나미가 닭튀김을 잽싸게 회수. 그대로 입 안 가득 넣으니 기분 나빠서 뺨을 부풀린 것인지 먹보인지 더는 알 수가 없었다.

남이 좋아하는 걸 먹은 죄는 무겁다고, 이나미의 접시에서 닭튀김을 빼앗으려고 했지만 이미 위장 안으로 들어갔나 보다. 이미 어묵밖에 남지 않았다.

"젠장……. 닭이랑 어묵은 너무 차이가 크잖아."

"♪"

여전히 맛있다는 듯이 먹어대고…….

이나미가 득의양양한 표정으로 우물우물하고 있으니, 가

게 아주머니가 서비스로 제공되는 소바 면수를 가져다줬다. 이나미가 앞서 주문해 둔 것이었다.

이나미는 아직 닭튀김이 입 안에 있으니까, 아주머니에게 꾸벅꾸벅 몇 번이고 머리를 숙이며 '자, 자. 여기에 두세요'라고 손짓발짓.

나 말고 다른 사람을 막 대할 생각이 없는 것은, 기쁜 일인지 빡쳐야 할 일인지.

참고로 소바 면수란 이름 그대로, 소바를 삶을 때에 사용한 물이다.

찻잔에 따라서 그대로 마셔도 좋고, 츠유와 섞어서 국물로 마셔도 좋고. 가게마다 맛의 개성이 드러나는 비밀 메뉴 같은 일품이다.

칸토에서는 대중적인 소바 면수지만, 칸사이에서의 지명도는 단숨에 낮아진다. 소바 면수를 아는 것은 나 같은 직장인이나 환갑을 맞이한 진짜 베테랑뿐.

그렇기에 신입 사원에게 딴죽을 걸지 않을 수가 없었다.

"소바 면수라니. 너는 아재냐."

"그게 말이죠. 소바 면수 좋아하는걸."

소바 면수를 좋아한다거나, 일본주를 좋아한다거나.

이 녀석은 인생 2회차이거나, 어느 검은 조직에 의해서 APTX4869를 먹은 과거라도 있는 걸까.

남은 소바를 비운 이나미는 곧바로, 그 면수가 든 찻잔을 츠유에 따랐다.

뿌연 면수는 소바의 성분이 듬뿍 함유된 증거. 가다랑어 육수인 츠유와 함께 섞으니 순식간에 소바향 나는 국물 완성.

이나미가 국물에 입을 댔다.

따끈따끈과 동시에 싱글싱글.

"후우~……. 소바 면수의 끈끈하고 향기로운 맛이, 거칠어진 제 마음을 치유해 주네요……."

"호들갑스러운 녀석이야."

"호들갑이 아니에요. 소바 면수는 위대한 거예요."

소바 면수가 아니라 네가 호들갑스럽다는 의미였는데.

그렇다고는 해도, 소바 면수는 정말로 위대한 것일지도 모르겠다.

"음……. 언제까지고 지나간 날을 우물쭈물 신경을 쓸 때가 아니겠죠."

다시 침착해졌다고 할까, 뜻을 다졌다고 할까.

이나미는 스스로를 타이르듯이 중얼거리더니 다시 한번 국물을 한 모금.

그리고.

"좋~아! 제 휴일이 허사가 아니었다는 걸 증명하기 위해서라도, 지금부터 진행될 상담 러시, 반드시 성공시키겠어요."

"어어, 그래."

음주 강요가 아니라 소바 면수 강요.

'너도 한 잔 어울려라' 느낌으로, 이나미는 내 츠유 그릇에 소바 면수를 따랐다.

따른 뒤, 이나미는 더더욱 결의 표명.

"힘내서 계약을 GET할 테니까, 오늘밤은 승리의 미주로 건배하죠!"

"나는 참가가 전제구나……."

"물론이에요. 마사토 선배가 없으면 잔치는 시작하지 않아요."

제대로 놀 생각이 가득하잖아.

어이없는 반면, 역시 고스펙 신입 사원에게 기대도 하고 만다. 이 녀석이라면 한 번에, 그 자리에서 계약 성립도 충분히 가능하지 않을까.

그런 생각을 하며 소바 면수 국물을 입에 담았다.

응. 뭐, 맛있지, 이건.

11화: '긍정적으로 검토하겠습니다'는, 긍정적으로 기대할 수 없다

내가 일하는 회사는 인터넷 광고를 취급하는 대리점이다.

인터넷 광고라면 스마트폰이나 컴퓨터, 태블릿 같은 단말을 가진 사람이라면 거의 모두가 본 적이 있을 테지.

Yahoo!나 Google로 검색했을 때에 표시되는 '검색 연동형 광고'도 있고, 웹사이트나 앱에 표시되는 '디스플레이 광고'도 있고.

YouTube에서 나오는 광고도 인터넷 광고 중 하나다. '똑같은 걸 대체 얼마나'라고 혀를 찰 정도로 매번 나오는 광고도, 양복을 입은 아저씨가 수상쩍은 상품을 팔려고 하는 광고도, 신인 같은 유튜버가 꺄아꺄아 떠드는 의문의 광고도 위와 마찬가지.

그런 느낌으로.

'인터넷 광고에 흥미는 있다. 하지만 방법을 모르겠다.'

'광고 운용에 인원이나 시간을 할애할 수 없다.'

'매상이나 지명도를 높이고 싶다.'

등등.

그런 고민이 있는 회사를 대신해 인터넷 광고를 운용 · 관리하는 것이. 인터넷 광고 대리점의 업무 내용인 것이다.

인터넷이나 SNS가 더더욱 보급되는 작금인 만큼, 광고 대리점은 해마다 늘어나고 있다.

광고 대리점의 숫자는 여전히 도쿄가 대다수를 차지하지만, 그래도 내가 일하는 대리점처럼 다른 도시도 증가하는 경향이다.

그야말로 수요와 공급, WIN-WIN 관계.

──뭐, 수요가 늘어난다고 해서 간단히 장사가 성립되는지는 다른 이야기지만······.

※ ※ ※

오후도 다 지나서. 오늘의 마지막 고객에게 가는 도중.

"와, 완전히 엉망이네요······!"

소바 면수의 파워는 어디로 갔는지.

새빨갛게 물든 거리를 터벅터벅 걷는 이나미의 발걸음은 무거워서, 살짝 밀면 바로 옆의 쓰레기장에 머리부터 처박혀버릴 것만 같았다. 애수가 장난이 아니다.

그도 그럴 터. 세 건의 상담을 마쳤지만 어느 곳이든 반응이 그저 그랬으니까.

첫 번째인 부동산 회사.

"아~, 매달 운용비가 상당하네. 좀 더 저렴하게는 안 되나? 안 되는구나. 으~~음⋯⋯."

두 번째인 리모델링 회사.

"현재 상황을 듣기에는, 다른 대리점에서 받은 제안이 더 좋으려나一. 뭔가 큰 실적 같은 게 있다면 이야기는 다르겠지만 말이지一."

세 번째인 설계 회사.

"우리 아들, 올해 서른두 살이 되는데 전혀 인연이 없어서 말이야! 아가씨, 혹시 괜찮다면 우리 아들이랑 만나一一."

이하 생략.

"설계 회사 아저씨 굉장했지. 네가 거절한 순간, 명백하게 태도가 바뀌었으니까."

"너무하잖아요! 저, 혼담이 아니라 상담을 하러 왔는데."

실로 지당해서 쓴웃음밖에 나오지 않았다.

이나미는 분노한 감정을 드러냈지만, 역시나 단 한순간.

고양이 귀랑 꼬리가 있다면 축 늘어뜨렸을 정도로 풀이 죽어서.

"저, 그렇게나 비즈니스 이야기가 서툴렀을까요⋯⋯?"

"아니. 솔직히 평범하게 잘 했어."

즉답할 수 있는 것은 빈말이 아니라 진심이니까.

인사와 명함 교환도 무난하게 흘러갔고, 선천적인 소통 능력으로 분위기도 시종일관 좋았다.

제안서를 사용한 프레젠테이션에서도, 처음치고는 차고 넘치게 능숙했다. 아무리 그래도 이나미 한 사람에게 맡기는 건 아직 어렵지만, 그래도 기본은 안심하고 옆에서 지켜볼 수 있었다.

"그럼, 어째서 전혀 통하질 않았을까요."

이나미의 진지한 눈빛을 강하게 느끼며, 천천히 저물어가는 저녁 해를 멍하니 바라봤다.

"으―음. 예를 들자면, 그래……. 야구장에서 일하는 맥주 판매원이라고 할까."

"??? 판매원――이라고요?"

진지한 눈빛에서, '이 자식 무슨 소리야?'라는 시선으로 바뀐 이나미에게 가르쳐 줬다.

"아무리 기량이나 접객 태도가 100점인 판매원이라도, 미지근한 발포주밖에 준비할 수 없다면 살 생각이 안 들겠지?"

"어."

이나미는 간신히 깨달았나 보다.

"――우리 회사의 서비스는, 미지근한 발포주 수준인 건가요……?"

"……훗."

"코, 코웃음 쳤어?!"

이나미 씨, 그 마음 잘 압니다.

그렇습니다. 우리 인터넷 광고 대리점, 중소기업이거든요.

어떻게 노력하더라도 대기업의 서비스를 이길 수는 없어요.

"아무리 실력 있는 프로게이머라고 해도, 사용하는 컴퓨터 스펙이 쓰레기라면 이길 경기도 못 이겨. 아무리 뉴타입 파일럿이라고 해도, 탑승한 모빌슈트가 양산형 자쿠라면 사이코 건담한테는 못 이겨."

"후반부의 예시를 전혀 이해할 수 없지만⋯⋯. 그래도, 무슨 말을 하고 싶은 건지는 어찌어찌 알 것 같은⋯⋯."

어느 쪽인데.

뭐, 그야말로 바보 같은 예시를 연발하고 말았지만, 나도 이나미를 쓸데없이 절망에 빠뜨리려는 것이 아니다.

오히려 노력이 보상받았으면 좋겠다고 진심으로 생각하고 있다.

"뭐, 요컨대 말이지. 너 자신에게 치명적인 문제가 있는 게 아니야. 자신감을 가지고 해나간다면 괜찮아."

"저, 정말인가요?"

"응."

"다음에 상담하러 가는 회사, 미지근한 발포주라도 사줄까요⋯⋯?"

"⋯⋯⋯⋯⋯어어."

"목소리 작아! 잠깐만요, 마사토 선배?! 눈을 피하지 말라고요!"

죄책감으로 눈을 피한 것이 아니다. 석양이 눈 부셨던 것이다.

그런 것으로 해주세요.

12화: 호조 사쿠라코는 합법 로리에 느긋한 캐릭터

"그보다도, 이나미."

"예?"

"이미 역에서 꽤 걸어왔는데, 다음 상담처는 정말로 이쪽에 있어?"

그럭저럭 15분 정도는 걸었을까.

주위를 둘러봐도 회사나 사무실 같은 건물은 보이지 않았다. 그러기는커녕, 그저 집들이 늘어선 주택가로 들어서고 있었다.

작은 공원에 설치된 방재 스피커에서는 아이들에게 귀가를 재촉하는 멜로디가 흐르고, 바로 퇴근하고 싶다는 내 욕망을 북돋웠다.

이나미는 주머니에서 스마트폰을 꺼내어 지도앱을 켰다.

"──으음, 내비로는 이제 곧 보일 텐데요."

그렇게 말하며 이나미가 두리번거리기를 잠시.

"아. 있어요!"

이나미가 건물 하나를 가리켰기에 나도 시선을 향했다.

"어……?"

그야 이상한 소리가 나오겠지.

언뜻 봐서는 평범한 주택이었으니까.

자택 겸 사무실이라는 녀석일까. 2층 부분의 발코니에는 '유한회사 호조 건축 사무소'라는 녹슨 간판이 걸려 있고, 차고에는 연식이 있는 경트럭이 한 대 주차되어 있었다. 유한회사라는 표기는 2006년 이후로 신설할 수 없게 되었다고 들었으니까, 상당히 오래 전부터 있던 건축 사무소 같다.

나도 사축 경력 5년째이지만, 이런 'THE 마을의 건축 사무소' 같은 회사에 방문하는 것은 처음이었다.

처음이기에, 의심도 깊어졌다.

"······저기, 이나미. 정말로 이 집——이 아니라, 회사가 맞는 거지?"

이나미는 한 번 끄덕였다.

"호조 건축 사무소라니까 틀림없지 않을까요······."

"실례되는 이야기겠지만, '우리는 종이 전단지 외길. 인터넷 광고 따윈 엿이나 먹어라' 느낌이 굉장한데."

"반대로 말하면, 새로운 것에 도전하고 싶다는 생각의 회사일지도······?"

반대로 말한다고 한 시점에서, 너도 나와 같은 의견이겠네.

뭐, 이나미가 하는 말도 일리가 있으니 이야기를 좀 들어보고 싶다는 느낌일지도 모르겠다.

손목시계를 확인하니 슬슬 17시를 맞이하려는 참.

"여하튼 상담 약속은 했으니까, 일단 들어갈까."

"아, 예."

'장난이었습니다—! 푸흐흐흐ㅋㅋㅋ'라고 상대가 그런다면, 스즈모리 선배를 불러서 주먹을 날려 주자.

이나미는 손거울로 복장을 최종 체크한 뒤, 심호흡을 두어 번.

그대로 인터폰 앞에 선다.

"눌러요……?"

"어, 어어."

뜻을 다진 이나미가, ♪ 마크의 버튼을 눌렀다.

'띠~잉~도~옹' 하고 느릿한 벨소리가, 건물 안에 울려 퍼지는 것을 밖에서도 알 수 있었다.

""………….""

10초? 20초?

얼마나 기다렸을까.

"……없나?" "자리를 비운 걸까요……?"

반응이 없다. 그냥 시체인 것 같은 상태.

나와 이나미는 얼굴을 마주 봤다. 내가 검지를 세워들자 이나미도 이해한 듯 다시 한번 인터폰을 눌러봤다.

재시도해도 결과는 마찬가지.

자신의 실수일지도 모르겠다며 이나미는 수첩을 펼쳐 스케줄을 확인.

"으—음……. 일정을 착각한 건 아닌 모양인데요……."

"일단 고객한테 연락을 넣어 볼래?"

'알겠어요'라고 대답한 이나미는 곧바로 꺼낸 스마트폰을 삑삑 조작하고 귀에 댔다.

컬러링이 한 번, 두 번 울리고 잠시 후.

"아, 여보세요."

전화는 받았나.

──뭘까. 너무 암운만 드리우고 있어서, 이제는 질식사할 것 같아…….

이나미가 눈앞에 없는 상대에게 이러쿵저러쿵. 손짓발짓을 섞어서 설명하는 모습이 조금 재미있었다.

그런 광경을 멍하니 바라보는데──.

"어."

기뻐해야 하나? 어이없어해야 하나?

전혀 반응도 없었을 터인 현관문이 열리지 않나.

너무도 예상 밖이라서 정신이 팔려 버렸다.

'직원, ……인가?'

건축 사무소 = 덩치 크고 억센 아저씨 집단

나의 그런 얄팍하기 짝이 없는 사고를, 한순간에 날려 버렸다.

얼굴을 내민 것은 귀여운 소녀였다.

체구는 이나미보다도 훨씬 작고 나이는 열대여섯 정도?

두 갈래로 묶은 머리카락은 밝게 염색했으니 아무리 그래

도 중학생은 아닐 거라 생각한다.

그래도 '의무 교육 기간입니다'라고 한다면, '어, 그렇습까'라며 납득하고 말 정도로 어린 외모.

소녀가 나왔다는 사실에도 놀랐지만, 가장 놀라운 것은 복장이겠지.

작업용 재킷을 입고 있었다.

맞는 사이즈가 없는지 헐렁헐렁하고, 어째선지 하반신은 맨다리를 훨씬 드러낸 스패츠&화장실 슬리퍼. 이것이 현재 유행하는 워크맨 여자라는 여성일까……?

느슨한 분위기로 가득한 소녀는, 머리카락 한쪽이 마치 땅에 닿을 것만 같이 고개를 갸웃거렸다.

"으응? 당신들 누구?"

그 말, 완전히 그대로 돌려주고 싶다.

※ ※ ※

"마실 거, 몬스터랑 레드불 중에 뭐로 할래―?"

그녀의 방 같은 곳으로 안내를 하더니 갑자기 말을 건넸다. 처음이었다. 상담을 간 곳에서 차와 커피 이외의 음료를 추천하는 것은.

게다가 양쪽 다 에너지 드링크.

"……그럼 레드불로."

"아, 저기. 저도 같은 걸 부탁드릴게요."

"예예―. 날개를 펼쳐 줘요―♪"

더없이 태평한 소녀는 자기 방에 있는 미니 냉장고에서 캔을 꺼내더니 그대로 우리가 앉은 테이블 앞에 놓았다.

곁들일 과자 쪽은 아무래도 우리에게 선택할 권리는 없는 듯했다. '콘소메 펀치 기분!'이라며, 손에 든 감자칩 봉투를 뜯었다. 파티 개시였다.

준비를 갖추어진 참일까.

소녀는 헐렁헐렁한 소매에서 나온 자그마한 손에 든 캔을 들어올렸다.

"오늘의 만남을 기념하며, 건배―♪"

아니, 건배라니.

"에헤헤. 친구네 집에 온 기분이네요~."

이나미는 이나미대로 태평한가. 정말로 건배하지 말라고.

한숨을 내쉬며, 소녀한테 받은 레드불을 얼른 마시기로 했다.

뚜껑을 따고 쏴아 탄산이 터지는 소리와 함께 캔을 기울이자, 에너지 드링크 특유의 단맛과 강한 탄산이 온몸을 돌아다녔다.

손님에게 내놓을 음료로는 엉뚱하긴 하지만, 확실히 맛있다. 오히려 '굿잡 소녀'라고 생각해 버리는 스스로가 한심했다.

맞은편 소파에 오도카니 앉은 소녀는, 자그마한 입으로

아작아작 감자칩을 먹고 있었다.

"미안, 미안. 할아버지네가 일하러 간 걸 깜박해서, 인터폰을 그만 무시했어."

이나미는 '어'라며 입을 열었다.

"그럼 저희는 다른 날에 다시 오는 게 낫지 않을까요?"

"괜찮아괜찮아. 이런 대응은 홍보인 내가 담당하니까—."

""???? 홍, 보?""

"그래그래, 홍보홍보—."

어딘가 신이 난듯한 소녀는, 뭘 그렇게 흥분한 걸까.

작업복 너머로 자신의 가슴을 갑자기 찰딱찰딱 만지기 시작했다.

"어라라? 없네……."

자신의 납작한 가슴을 열심히 찾고 있다. ——그런 안타까운 행동이 아니라, 주머니를 뒤지는 모양이었다.

엉덩이, 오른쪽, 왼쪽, 순서대로 주머니를 뒤지길 잠시.

"오. 있다있다!"

표정이 환해진 소녀는, 원하는 물건을 찾는 데 성공. 명함첩을 찾고 있었나 보다.

명함 교환은 사회인의 소양. 나와 이나미도 명함첩을 꺼내어 소녀와 명함 교환 타임.

바로 감자칩 기름기 지문이 묻은 명함을 읽어봤다.

"호조 건축 사무소, 홍보 담당, 호조 사쿠라코…………."

홍보, 담당?

진짜로……?

"정말로, 홍보 담당이라고?! ──그렇다는 건…… 지, 직원이었어?!"

호조 사쿠라코라는 소녀는 '그렇다고─'라며 참으로 마이 페이스.

"우리 할아버지가 사장이거든. 그래서 사회 경험을 쌓으라고 내 직함을 만들어 줬어─. 이 방은 마이 일터!"

진짜냐, 할아버지. 아무리 그래도 손녀 사랑이 너무 심하잖아…….

"실례입니다만, 호조 씨는 몇 살이시죠?"

"스물이야─. 전문대졸!"

"그랬군요……! 저, 틀림없이 고등학생 정도의 여자아이가 아닐까 했어요."

"자주 들어. 합법 로리!"

호조는 니히히히히! 하얀 이를 드러내며 밝게 웃었다.

본인이 웃는다면, 그건 그걸로 됐다고 나는 생각한다.

"홍보라는 건, 너─ 가 아니라 호조 씨는, 전문대에서 경리 쪽을 배웠나? 아니면 건축이라든지?"

"아니, E스포츠 학과!"

요즘 아이구나.

E스포츠 학과였다는 것도, 그녀의 작업 공간을 둘러보면

납득이 갔다.

L자 모양의 작업 데스크 밑에는 무지하게 커다란 PC가 설치되어 있고, 아나 다를까, 무지개색으로 계속 빛나고 있었다. 자세한 모델까지는 모르겠지만, 유명한 우주인 로고가 있으니까 50만은 가볍게 넘겠지.

키보드도 무지개색으로 빛나고, 마우스도 '변신하는 건가요?'라고 묻고 싶을 정도로 메카니컬. 의자도 프로게이머 전용 모델.

"업무용 컴퓨터가 게이밍 사양이라니 엄청나네……."

"아하하하하! 인터넷 검색은 순식간! 엑셀이나 워드도 마음껏 쓸 수 있지! Gmail 따윈 광속으로 보낼 수 있다고!"

자원 낭비라는 말을 가르쳐 주고 싶다.

부탁이니까, 회사에서 사용하는 중고 컴퓨터랑 교환해 주세요.

호조는 우리한테서 받은 명함을 찬찬이 본 뒤, 어리둥절한 표정으로 고개를 갸웃거렸다.

"그래서 카자마랑 나기사는, 우리 회사에 뭘 하러 왔어?"

곧장 편하게 부르는 건가, 이미 생각을 놓아 버린 나를 대신해서 이나미가 설명했다.

"으음……. 이번 주 월요일에, 저랑 통화하신 건 기억하시나요?"

"으~~~음……. 전혀 기억 안 나!"

"……그렇군요."

간신히 죄책감이라는 감정이 탑재된 모양이었다. 호조는 소파 위에 정좌하더니 이나미에게 손을 맞댔다.

"미안해. 아마도 나, 게임하다가 전화를 받아서 적당히 대답해 버렸을 거야."

굉장하네. 정정당당, 일을 땡땡이치고 게임을 한다며 폭로할 수 있다니.

화를 안 내는 이나미도 대단하다. 딱 밤 두세 번 정도라면 묵인해 줄 텐데.

"일단 예정으로는, 호조 건축 사무소에 광고 서비스를 제공하고자 오늘은 방문을 드렸어요."

"서비스?"

나한테 서비스할 생각이냐? 호조는 소매가 긴 작업복을 흘끗흘끗 걷었다가 내렸다가. 어린애 맨다리와 스패츠에 흥분할 리도 없고.

게임을 좋아한다면 광고 서비스 설명은 지극히 간단.

"트위치나 YouTube 같은 데 나오는 광고를 상상하면 이해하기 쉬울까. 그렇게 인터넷에서 사용되는 광고를 우리 회사에서 만들고 관리하거든."

"아~, 예예예! 동영상이나 생방송에서 진짜 중요한 타이밍에 나와서, 엄청 짜증! 그 광고 말이지!"

"응응. 그래그래, 그거그거."

"마사토 선배?! 꺾이면 안 돼요!"

호조와는 어차피 오늘만 볼 사이니까, 이쯤에서 그냥 꺾여 버려도 괜찮지 않을까요.

창문으로 비쳐드는 서쪽 노을을 바라보며, 레드불을 한 모금. 여기를 들르지 않았다면 오늘도 한 시간 정도 일찍 돌아갈 수 있었을 텐데. 절실히 그렇게 느꼈다.

그런 생각을 하는데.

"응. 그럼 계약해 버릴까."

"……네?" "엇."

잘못 들은 거지……?

눈앞의 자그마한 사람이 터무니없는 발언을 입에 담은 것 같다.

이나미도 나와 같은 의견인지 얼굴을 마주 봤다.

"응? 계약해 버릴까, 라고 했는데."

"뭐, 뭘."

"응? 당연히 광고 서비스지."

""…….""

"계약서는 뭐 필요해? 사인? 인감? 인감이 필요하다면, 할아버지 방 서랍에서──,"

""아니아니아니아니!""

이상한 이야기네. 권유하러 찾아왔을 터인 우리가, 어째선지 당황하고 있으니까…….

아니, 잠깐만. 농담이겠지. 이제 막 여고생 티를 벗은 녀석이 몇 백만짜리 계약을 그 자리에서 결정할 수 있다고? 그럴 리가 없다.

아니, 우리로서는 계약을 해주는 편이 좋기는 한데.

이제 존댓말이니 반말이니 아무래도 상관없다.

"계획성이 없어도 너무 없잖아?! 할아버지 사무소 망하게 만들 거냐! 좀 더 잘 생각해 봐!"

"그, 그래요! 상당한 돈이 움직이는 거라고요? 이용은 계획적으로!"

깔깔깔! 호조가 웃었다. 뭘 웃는 거야.

"하지만 계약하면 우리 사무소 번창하겠지? 그렇다면 하는 편이 낫잖아."

"이, 이 무슨 적당한 녀석이야……. 우리를 신용해도 되겠어?"

"충분해, 충분해! 그게 말이지, 나쁜 사람들이었다면 진심으로 막지 않고 계약하려고 들었을 거잖아. 걱정해 줬다는 건, 좋은 사람들이라는 거니까."

아니, 그런 걸로 신용해도 되겠냐. 우리가 정말로 나쁜 사람이었다면 어쩔 생각이야. 뭐, 아니기는 한데.

"그래서, 어떻게 할래? 나는 계약하면 될까?"

"이런 승부사가 어디 있냐고……. 우리로서는 바라마지 않는 일이지만……."

"좋아, 결정—! 그러니까, 앞으로 잘 부탁해, 카자마랑 나기사!"

만세—라며 왠지 모르겠지만 팔을 붙잡고서 우리에게도 만세를 시켰다. 그대로 만세를 하며, 척척 결정된 큰 계약에 기쁨보다 당황과 앞길의 불안밖에 느껴지지 않았다.

"다 같이 호조 건축 사무소를 일본 제일가는 사무소로 만들자—!"

이봐, 할아버지. 당신 손녀, 멋대로 계약하려고 그러는데 괜찮겠어……?

※ ※ ※

"정말로 계약을 해도 괜찮을까요?"

호조 건축 사무소에서 역으로 돌아가는 길. 주택가를 지나며 이나미가 툭하니 중얼거렸다.

평소라면 '오늘은 이대로 바로 퇴근해서 한잔하러 가죠!'라고 그랬을 텐데, 그 몬스터 차일드 때문에 독기가 빠졌는지, 아니면 갑자기 날아든 계약에 마음을 놓았는지.

나와 이나미는 그저 역을 향해 걸어갔다. 하늘은 완전히 어두워졌다. 주택가에는 카레라든지 꽁치를 굽는 냄새라든지. 그런 것이 어디선지 모르게 감돌아서 어쩐지 가정의 따뜻한 공기가 일로 지친 몸에 스며들었다.

"어떨까. 무척 적당히 결정했으니까 말이지……. 그보다도, 너도 전화한 타이밍에 알아차리라고. 이상한 녀석이란 거."

"죄송해요. 젊고 솔직한 여성이라고는 생각했지만."

전화 시점에서 판단할 수 있게 되기에는, 아직 이나미는 경험치가 부족한가.

솔직하게 사과하는 이나미. 시무룩한 후배를 이대로 두는 것도 좋지 않다.

"뭐, 그러네. 첫 계약 축하해."

어깨를 툭 두드리자 이나미는 표정이 조금 밝아졌다.

"그렇다고는 해도, 호조의 할아버지한테 거절을 당해서 계약이 취소되는 경우도 충분히 있겠지만."

"잠깐만요, 마사토 선배. 왜 치켜세웠다가 떨어뜨리는 건가요!"

"하핫! 미안, 미안!"

이 기쁨이 허사가 되지 않기를 기도할 뿐이다.

밤하늘을 바라보며, 오늘은 내 쪽에서 축배를 권유하자는 생각도 한순간 들었지만, 아직 남은 일을 떠올리고 말을 삼켰다.

승리의 미주는 이 계약이 정식으로 결정되었을 때에 나누는 게 좋다.

13화: 여행 적립금, 또 다른 이름은 헛된 기쁨

오늘은 월급날.

평소에는 나른한 조례도, 1밀리도 들을 의미가 없는 과장의 신상 이야기도, 월급날이라는 사실만으로도 용납하고 만다.

애타게 기다리던 것은 아니지만, 역시 한 달의 성과가 형태를 이루는 순간. 기분이 들뜨는 것은 사축의 천성이다.

"만세一! 월급이다 ♪"

내 옆에 있는 이나미도 환호. 자신의 급여 명세서를 바라보며 콧노래를 부르기 시작할 정도였다.

이나미의 기분도 높이높이.

"에헤헤 ♪ 기쁘구나~ ♪"

술을 너무 많이 마셔서 돈이 부족하진 않을까.

'간신히 끊어진 가스랑 전기를 부활시킬 수 있어요!'나 '식빵 모퉁이 생활도 탈출이에요!'라며 커밍아웃할 것같이 싱글싱글.

아무리 우리가 블랙 기업이라고는 해도, 어느 정도 수준의 급료는 받고 있을 텐데.

"뭐야, 이나미. 뭐 사고 싶은 거라고 있어?"

"아뇨아뇨. 여행이에요, 여행!"

"호—. 너, 여행가냐."

역시나 얼마 전까지는 여대생.

이 또래 여자들은 어떻게든 이유를 붙여서 오키나와나 대만으로 여행을 가는 이미지가 있다.

굳어 버린 편견을 머릿속으로 굴리는 사이, 여전히 싱글대는 미소로 이나미가 말했다.

"에이, 왜 그래요—. 당연히 마사토 선배랑 가는 거죠."

"뭐?"

"정말이지~ 시치미 떼기는. 이거라고요, 이거."

이나미의 가늘고 긴 손가락이 명세표의 어느 항목을 가리켰다.

그 손가락을 따라서 시선을 움직이고, 간신히 이해했다.

"아— 여행 적립금 말인가."

여행 적립금. 사원 여행에서 필요한 돈을 매월 급료에서 일정액 공제한다는, 인도어파와 아웃도어파 사이에서 찬반이 격렬하게 나뉘는 비용이다.

그렇구나. 요컨대 이나미는 사원 여행을 기대하는 건가.

이나미의 기분은 MAX. 만면의 미소로 파이팅 포즈를 펼쳤다. 초등학생이냐, 너는.

"적립금이 들어가면 들어갈수록, 점점 좋은 곳으로 갈 수 있겠다는 꿈이 부풀어 오르네요!"

"……있잖아, 이나미."

"칸사이 안쪽이라면 해수욕장이 있는 시라하마나 아와지시마일까요? 아, 여행은 연말연시일 테니까 온천일까? 키노사키나 아라시야마라든지!"

"이나미, 사실은 말이지――."

"칸사이를 벗어나서, 디즈니랜드나 하우스텐보스 같은 곳도 즐겁겠네요~. 저, 성 순회나 관광지 순회라도 웰컴이에요♪"

"그러니까 내 이야기를――."

"혹시 일본을 나가서 상하이나 괌이라든지――."

"이나미!"

성량을 높이고서야 간신히 이나미의 머신건 토크를 멈추는 데 성공했다.

그리고 간신히 밝힐 수 있었다. 우리 회사의 힘겨운 사실을.

"여행은 안 간다고."

"예?"

"그보다도, 못 가거든."

"어……."

후배를 슬프게 만들고 싶지 않다는 심정이지만, 교육 담당이기에 현실을 가르쳐 주어야만 한다.

"거짓말, 이죠?"

"거짓말이 아니야. 매월 적립하기는 하지만, 적립한 만큼 연말에 돌려주거든."

"세상에……. 하, 하지만! 올해야말로──."

"안 가."

"안 가요……? 마사토 선배, 절 놀리는 것뿐이죠? ……그렇죠, 미히로 선배, 거짓말이죠?"

이나미는 전방의 데스크에 말을 건넸다. 그곳에는 오늘도 볼륨감 넘치는 두 가슴을 데스크에 얹은 채, 달칵달칵 키보드를 두드리는 이나바가.

매달리는 것 같은 이나미의 시선을 정면으로 받고, 작업하는 손길을 멈추고 잠시 시선을 마주한다.

"……나도, 나기사 같은 시절에는 침울했단 말이지."

"침울했다? 그, 그건──."

"카자마, 뒷일은 맡기겠다."

'이 이상, 침울해하는 후배의 모습을 보고 싶지는 않다'라는 것일까. 이나바는 내게 다정한 미소를 건네고는 무지하게 큰 헤드폰으로 귀를 덮었다. 매번 있는 일이지만, 이어폰 잭 정도는 꽂지 않겠습니까…….

"……그럴 수가, 세상에…….

마치 버려진 강아지 같은 이나미에게, 최후의 통고를 건넸다. 미안해.

"이나미. 있잖아, 다시 한번 말할게. 없어."

"없다고요?"

"내가 입사한 뒤로 한 번도 사원 여행을 간 적이."

"!!!"

이나미는 간신히 깨달은 모양이었다. 처음부터 막다른 길이었다는 사실을.

마지막 잎새가 떨어진 것처럼. 애수가 감도는 이나미의 손에서 팔랑팔랑 급여 명세서가 떨어져 버렸다.

"내 즐거움이………… 사라졌어……?"

임종.

뭘까……. 이렇게까지 눈앞에서 비통함을 느끼는 녀석이 있으니 나까지 참기 힘들어졌다.

"제대로 금액은 돌아오니까 안심해. 그 돈으로 맛있는 거라도, 좋아하는 거라도 사면 되잖아."

급여 명세서를 주워 들며, '그렇지?'라고 이나미에게 건넸다.

하지만.

"싫어."

"……어?"

"싫어! 여행 가고 싶어!"

"…… ."

이 떼쟁이는 뭐냐.

정장을 입고 있는 주제에, 등에 새빨간 책가방이 보이는 것은 어째서일까.

왜 이리 화가 난 거지? 커다란 눈에는 눈물을 글썽, 뺨은 다람쥐처럼 빵빵.

"기대하고 있었는걸! 마사토 선배랑 그 동네의 맛있는 일본주랑 요리를 먹는 거! 막차를 신경 쓰지 않고서 아침까지 계속 마시고 싶었는걸!"

"너, 너 말이지…… 여행 가서 밤 샐 생각이었냐……."

학생 기분 레벨이 아니라고.

"마사토 선배, 데려가 줘."

"어?"

"날 여행에 데려가 줘!"

"……."

나를 스키장에 데려가 줘*, 같은 소리를 하지 말라고.

"안 데려가 주면, 마사토 선배네 집에서 숙박 투어를 해버릴 거야!"

"수, 숙박 투어?"

"그래요! 365박의 장기 체류 플랜이에요!"

"뭐어어어어어어?! 그건 그냥 식객이잖아!"

그저 심통을 부리는 것뿐인지, 아니면 진심으로 하는 말인지.

양쪽 전부겠지. 이 신입 사원은 하겠다고 결심하면 하는 여자니까.

"안 데려가 주면 매일 아침, 된장국 만들어 주겠어! 세탁

---

*일본에 스키붐을 일으켰던 영화, '나를 스키장에 데려가 줘'.

하고, 청소도 멋대로 해주겠어!"

나한테 이득밖에 없는 그 협박은 뭐야.

"굿모닝 키스도 매일 아침 해버릴 테니까!"

"?! 키, 키스?!"

"당연히 다녀오겠습니다랑 어서 와 키스도! 같이 집을 나가고, 같이 돌아올 테니까 키스는 각각 두 번씩!"

"너, 넌 바보냐?!"

"진심인걸! 같이 목욕도 하고, 자는 걸 노려서 침대로 파고들기도 해줄 거야!"

이 녀석은 대체 얼마나 여행을 기대했던 거냐고…….

그래도 말이다. 어이없기는 하지만, 기대하는 이유 중 하나에 내가 들어 있다는 것도 아플 만큼 전해졌다.

나와 가는 여행을 얼마나 기대했는지 알고 말았더니 낯간지럽기도 했다.

같이 여행을 가는가…….

365일 장기 체류를 당하는가…….

"알았어……. 같이 여행을 가면 되잖아?"

"! 저, 정말인가요?!"

"그래. 두 말은 안 해."

"~~~♪ 만세─! 마사토 선배 정말 좋아♪"

기쁨을 온몸으로 표현하고 싶은지, 이나미가 전력으로 안겨들었다. 여전히 좋은 냄새에, 가슴 부드럽다.

귀여운 후배 사원과의 여행 365일 플랜은, 평범한 남자에게는 꿈의 플랜이 틀림없다.

하지만 매일 키스를 당하거나, 같이 목욕하거나, 밤에 침대로 파고들거나 해봐라. 내 하반신, 가루가 될 거야.

"에헤헤♪ 즐거움이 사라지지 않아서 정말 잘됐네요♪"

"! 어, 어어……."

어마어마한 미소를 본 것만으로 약속하길 잘 했다고 생각하는 나는, 딸 바보라고 할까 후배 바보라고 할까. 내가 반성해야 할 점이겠네.

"자자! 오늘은 주머니도 잔뜩 윤택해졌으니까, 마시러도 가버리죠!"

"저금할 생각 제로냐. ……하지만 뭐, 모처럼의 월급날이니까 갈까."

"예♪"

여행 적립금.

블랙 기업에서 일하는 몸으로서, 이렇게까지 무의미한 것은 존재하지 않는다.

이론은 인정하지 않겠다.

※ ※ ※

오후. 회사에서 점심식사를 마친 나는, 또다시 호조 건축 사무소로 걸음을 옮겼다.

계약 자체는 이나미가 땄지만, 아무리 그래도 그 어마어마한 여자를 담당하는 것은 신입 1년차에게는 짐이 너무 무겁다. 그래서 스즈모리 선배가 직접 내가 담당하도록 칙명을 내렸다.

오늘 미팅 자체는 저녁때에는 끝나겠지. 그다음에는 회사로 돌아가서 이나미와 합류하고 그대로 마시러 갈 예정이다.

도착한 나를 맞이한 것은 몬스터 차일드 호조 사쿠라코.

지난번과 마찬가지, 방으로 안내받고, 음료가 나오고, 그대로 미팅을 개시했다.

……몇 분 뒤.

"카자마. 지쳤으니까 게임하자――."

"카자마 '씨'겠지?"

"그런 문화 좋지 않다고 생각하는데."

"너는 그냥 귀찮은 것뿐―― 앗! 게임 켜지 마!"

게임을 하게 둘까 보냐며 마우스를 빼앗으려고 했지만, 호조가 전력으로 내 팔에 달라붙었다. 가슴이 닿는데도 부끄러운 기색이 없는 건 꼬맹이라서 그런가, 아니면 납작해서 그런가.

"으이이익……! 너 탓에 랭크 내려가면 어쩌려는 거야……!"

"어쩌긴 뭘 어째! 게임은 업무 끝나고 실컷 해! 날 본받아!"

"싫～어～!"

나랑 호조의 관계는 보시다시피. '너도 존댓말 안 쓰잖아' 라고 그러면 '그러네요'라고밖에 할 말이 없다.

하지만 어쩔 수 없잖아.

나만 이 녀석한테 존댓말을 쓰라니 죽어도 싫으니까.

"자. 게임을 하고 싶다면, 냉큼 제출용 콘티를 완성시키자고."

"칫. 알았어—."

입술을 삐죽이는 호조는 오므린 입 그대로 원래 장소인 소파에 앉았다.

나는 테이블에 놓여 있던 볼펜을 들고 또다시 스케치북과 마주했다.

우리가 지금 현재 무엇을 하고 있느냐면, 웹사이트 바탕 만들기.

인터넷 광고를 한다면, 그 광고에서 유도하기 위한 매력적인 홈페이지나 웹사이트가 반드시 필요하다.

호조 건축 사무소에도 홈페이지가 있기는 있지만—.

"요즘 시대에 FC2* 무료판을 이용하는 회사, 처음 봤어."

"아하하하! 중학생 시절의 내가, 여름방학에 적당히 만든 녀석이니까 말이지—."

그저 문자랑 사진을 붙여 두었을 뿐인 조악한 퀄리티.

그래서 새로운 웹사이트를 만들게 되었다는 흐름이었다.

웹사이트를 처음부터 만들자면 상당한 비용이 든다.

---

*일본에서 사용되는 블로그 서비스. 우리나라의 티스토리와 비슷한 포지션.

이번 사이트 제작을 담당하는 이나바가 이르길, '만들 수 있는 사람이 있다면, 절대로 의뢰하지 않을 가격이거든'이라며 태평한 소리를 했다.

"사이트 제작 의뢰도 가능하다니, 진짜로 너네 사무소, 꽤 버는구나."

"……."

"응? 호조?"

무슨 일일까. 그만큼 감정이 풍부한 호조의 표정이 점점 '무'가 되었다.

죽은 얼굴이 된 호조가 중얼거렸다.

"……내 거."

"허?"

"할아버지한테 혼났거든. 간단히 계약한 벌로, 사쿠라코한테 줄 예정이었던 결혼 자금 일부를 이번에 쓰겠다고……."

"……어어."

안됐다고 할까, 그럴 줄 알았다고 할까.

불쌍하게 여기는 내 시선을 알아차린 호조는, 풀죽어 있어 봐야 어쩔 수 없다고 눈물을 글썽이며 적반하장.

"알겠나, 카자마! 내 결혼 자금을 사용하는 거니까, 죽어도 성공시키라고?! 혹시 사이트를 만들어도 적자라면, 넌 나랑 패밀리 레스토랑에서 결혼식 올려야 하니까 말이지?!"

너무나도 무서운 그 협박 문구는 또 뭐야.

그보다도, 더더욱 게임을 할 때가 아니잖아…….

※ ※ ※

호조와의 난타전──이 아니라 미팅을 마치고 서둘러 역에서 회사로 돌아왔다. 저녁때에는 끝낼 생각이었는데 무척 늦어지고 말았다. 이나미는 기다리다 지쳤을 테지. 몇 번이나 LINE을 보냈지만 어째선지 읽고도 패스.

혹시 화나서 돌아갔나?

──아니, 그 녀석의 경우에 그럴 일은 없나.

사무실에 도착하자 드문드문 사원 몇 명이 남아 있을 뿐인 조용한 공간.

이나미를 찾고자 실내를 둘러봤더니.

"자고 앉았네……."

"……쌔액, ……쌔액."

내 데스크에서 규칙적으로 숨소리를 내며 이나미는 잠들어 있었다.

그렇게나 마시러 가는 걸 기대했나. 스마트폰 LINE은 켜져 있는 상태로, 읽음 표시가 붙던 것은 나와의 메시지 창을 열어 두어서 그랬나 보다.

이나미의 어깨를 흔들었다.

"이나미. 일어나."

"응……? 어라, 마사토 선배?"

자다 깨서 눈을 비비는 이나미는, 그대로 손목시계를 확인했다.

흐릿하던 눈이 번쩍 뜨였다.

"어? 마, 말도 안 돼. 벌써 이런 시간이라니! 잠든 제 얼굴을 계속 보고 있을 거라면 빨리 깨워 달라고요!"

"아니야. 나도 지금 돌아왔다고. 몇 번이나 메시지 보냈는데."

"아. 정말이다……."

시무룩한 이나미.

"모처럼, 비어가든*에 가자고 생각했는데."

아쉽게도 비어가든의 라스트 오더는 이미 지났을 테지.

어깨를 풀썩 떨어뜨린 이나미를 봤더니 따스한 마음이 깃들었다. 요전의 축배를 보류했으니까, 아무리 그래도 오늘 정도는 데려가 주고 싶다.

여전히 나는 이 녀석한테 무를지도 모르겠네.

"그럼, 이런 건 어때?"

"예?"

어리둥절해서 고개를 갸웃거리는 이나미의 뺨에는, 제대로 자다 깬 흔적이 묻어 있었다.

_____
*테라스나 옥상정원에 자리 잡은 야외석 형식의 술집.

14화: 어디서 마시느냐, 보다 누구와 마시느냐

"마사토 선배—! 여기, 여기—."

"그래그래."

조금 전까지 이나미는 새근새근 잠들어 있었을 터인데, 이미 기운 100%. 보조 배터리라도 탑재한 걸까.

"5% 정도라도 좋으니까 에너질 나눠 줘."

"어. 키스나 허그로 할까요?"

과충전으로 망가지겠다.

그런 바보 같은 대화를 나누며 우리가 찾아온 곳은, 회사에서 가장 가까운 녹지 공원.

부지가 무척 넓어서, 꽃놀이 장소로 우리 회사도 매년 이용하는 곳이었다.

물론 벚꽃이 피지는 않았고 살짝 후텁지근한 느낌이기는 하지만, 한산한 밤중의 공원은 개랑 산책 중인 아저씨나 담소를 나누는 커플의 모습 정도밖에 없는, 거의 우리가 전세를 낸 상태라고 해도 되겠지.

테이블이 세트로 된 벤치에 도착해서 마실 장소는 확보 완료.

"잘됐네요. 아무도 이 장소를 안 쓰고 있어서."

"뭐, 이런 시간부터 공원에서 한잔하겠다는, 이상한 녀석은 없겠지."

"에헤헤. 이상한 녀석 A랑 B네요♪"

밖에서 마시자고 제안한 건 나인만큼, '안녕하세요, 이상한 녀석 B입니다' 정도의 대답밖에 떠오르지 않네.

파티 준비를 하고자, 이나미가 비닐봉투에서 캔 맥주랑 마른 안주, 편의점 음식 따위를 테이블에 늘어놓았다. 오는 도중에 편의점에서 산 것이었다.

"아무리 그래도 너무 많이 산 거 아냐?"

"뭐, 어떤가요. 가게 폐점 시간을 신경 쓸 필요도 없으니까 느긋하게 마시자고요."

"막차 시간이 있잖아……."

'오늘은 재우지 않을 거라고요~?'라는 진심인지 농담인지 모를 발언이, 그저 두려웠다. 공원에서 밤이 샐 때까지 마시려고 하면 안 되잖아.

빤히 쳐다보는 내 시선 따위는 개의치 않고. 이나미는 '어느 맥주부터 마실까요?'라며 두 종류의 기간 한정 맥주를 들었다.

'그럼 이쪽으로'라고 오렌지 과즙이 든 맥주를 선택하자, '그럼 저는 이쪽―♪'이라며 레몬 과즙이 든 맥주를 이나미가 선택했다.

"그럼그럼, 오늘 하루도 수고했어요―♪"

'어, 계약도 축하해'라고 말하며 캔을 맞부딪쳤다.

"응~~~♪ 레몬의 산미가 탄산이랑 최고야~♪"

옆에서 들리는 꿀꺽꿀꺽 소리에 이끌려 나도 캔을 기울였다.

업무 후에 마시는 맥주가 각별하게 맛있는 것은 세계의 상식. 눈앞에서 맛있게 마시는 후배가 있다면 더더욱 맥주가 쭉쭉 들어간다.

"선배도 닭꼬치 드세요. 아~앙 할래요? 아니면 입으로 옮겨 주는 편이 좋나요?"

벌써 취했냐.

※ ※ ※

술을 잔뜩 샀다는 것은, 술을 잔뜩 마신다는 것.

그것은 즉, 기분도 최고로 하이해진다는 것.

"제 턴! '스마일 부동산'의 사사키 계장님을 소환!"

"호오…… 부동산 간부라니, 꽤나 고소득자잖아. 하지만 물러, 이나미! 나는 사이다이지 부장을 산 제물로 바치고, '마츠이도 컴퍼니'의 쿠니에다 CEO를 소환!"

"C, CEO?! 최강 몬스터잖아요! 좋─아! 그렇다면 저는, 아껴둔 비장의 카드! '호조 건축 사무소'의 호조 사쿠라코를 소환──."

"아. 그 녀석은 완전 잔챙이 카드라고."

"너무해—! 사쿠라코는 당연히 반짝반짝 카드잖아요!"

반짝반짝 카드라니.

'뭔가 게임을 해요'라는 이나미의 제안에 따라서 시작된, 명함을 사용한 카드 게임. 이름하야 사축왕.

회사의 규모나 직함, 그리고 분위기와 기세로 담담하게 싸울 뿐인 슬픈 카드 게임이다.

"꽃 따고 올게요."

"어."

벤치에서 일어선 이나미는 코앞에 있는 공중 화장실로. 뒷모습은 상당한 취권 사용자로, 똑바로 걷지 못하는 모습이 어쩐지 오리나 펭귄 같았다.

공원의 시계탑을 확인하니 열한 시 반 직전.

"응. 슬슬 끝이네."

조금 남은 캔 맥주를 단숨에 들이켰다. 아무리 그래도 이제 와서 마시니 살짝 미지근했다. 조금 남은 땅콩을 봉투에서 꺼내어 입 안에 한가득 넣고 으적으적 씹었다.

알코올 살균 시트로 손가락을 공들여 닦은 뒤, 테이블에 늘어놓은 명함을 명함첩에 다시 넣었다. 바보 같은 놀이를 했다고는 하지만, 감자칩 기름투성이인 손가락으로 만지지는 않는다. 어디의 바보 여자랑 같은 취급을 당할 수야 있겠느냐.

이나미 것도 정리하며 절실하게 생각했다.

"——응. 저 녀석도 이제 이렇게나 명함을 교환했구나."

자기 것 말고 다른 명함을 잔뜩 가지고 있다는 것은, 잔뜩 영업을 돌았다는 것.

역시 후배의 노력이 눈에 보이는 것은 조금 기쁜 구석이 있었다.

부끄러우니까 본인 앞에서 말하진 못하겠지만.

이제 곧 명함첩도 빵빵해질 것 같으니까 명함 홀더라든지 스캔이라든지, 보관 방법을 가르쳐 주는 편이 나을까.

"아. 내 명함."

이나미는 예의 바르게도 내 명함까지 가지고 다니는 모양 이었다.

하지만 한 가지 의문이 솟구쳤다.

이나미한테 명함을 준 적이 있었던가? 하고.

"……으응?"

나도 모르게 가만히 응시하고 말았다.

"이 명함…… 내가 막 입사했을 때 쓰던 거잖아."

틀림없다. 내가 입사하고 1년 정도 지났을 때에 회사 로 고가 변경되어, 그에 따라 명함도 일신했던 것이다.

어째서 이나미가 그런 낡은 내 명함을 가지고 있지?

"…………."

가슴이 술렁거렸다.

어째서일까? 이상하게 '약속했으면서'라는 이나미의 토라진 얼굴을 떠올리고 말았다.

"나랑 이나미가, 옛날에 만났나⋯⋯?"

형용하기 어려운 감정이 서서히 형태를 갖추었다.

──그러던 도중이었다.

"꺄아아아아아아아아아아!"

"우어?!"

무슨 일일까. 비명을 터뜨린 이나미가 전속력으로 화장실에서 돌아왔다.

"뭐, 뭐야?! 변태라도 나왔어?!"

"지네예요⋯⋯!"

"⋯⋯어?"

"여자 화장실에 커다란 지네가 있었어요. 벽에서 꿈틀꿈틀꿈틀꿈틀⋯⋯!"

떠올리는 것만으로도 소름이 돋는지, 이나미는 안짱다리로 바동바동.

"으~~⋯⋯! 소변이 나오려던 타이밍이었는데."

"그건 참 힘겹겠네⋯⋯."

그런 안타까운 이나미에게 팔을 붙들렸다.

"못 참아."

"⋯⋯어?"

지리겠습니다 선언?

"여자 화장실에서, 망을 봐주세요."

"……아니, 너. 선배한테 망을 보게 시키려고 돌아왔냐……!"

"으읏, 하지만 한계인걸!"

"그렇다면 올 때 들른 편의점 화장실──."

"소변 못 참겠단 말이야! 이대로는 쌀 것 같단 말이야!"

"초등학생이냐……."

이나미로서도 고민 끝에 나선 행동이겠지. 수치심이나 자존심보다 사람으로서의 존엄을 지키고 싶은 모양이다.

"으~~~ 빨리 와요!"

"잠깐, 잡아당기지 말고!"

인생 최초, 후배 여자한테 여자 화장실로 끌려갔다.

화장실 칸으로 들어간 이나미는 얼굴을 반쯤 내밀었다. 붉은 것은 취기 때문일까 부끄럽기 때문일까.

"벽에 지네, 꼭 봐달라고요? 그, 그리고! 귀는 꼭 막아 주세요!"

"꼭이 많은 녀석이네……. 귀는 막으면서 망을 봐줄 테니까 괜찮아."

"……정말로 막을 거예요?"

"어? 지금 뭐라고 그랬──." "아, 아무것도 아니니까 막아요!"

참으로 제멋대로인 후배구나. 마니악한 성벽 따윈 없어요.

1분? 2분? 무사히 이나미는 미션을 완수했을까.

날카로운 노크 소리가 안쪽에서 들렸다.

"어. 끝났어?"

"화장실 휴지가…… 없어요……."

"……이런."

이 새로운 화장실 괴롭힘 파상 공격은 대체 뭐야…….

게다가 갈수록 태산.

소리가 들려서 돌아봤더니 취한 아줌마가 이쪽으로 오고 있지 않나.

"비보다, 이나미……. 이쪽으로 사람이 오고 있어……."

"예엣?!"

여자 화장실에 남성이 있다는 사실은 누가 보더라도 위험하다. 내가 그런 녀석이랑 만났다면 100% 기겁한다.

"마사토 선배 어떻게 하죠?!"

"너는 딱히 상관없잖아! 내가 위험하다고! 어, 어쨌든 말이야! 일단 휴지만 받아줘."

황급히 다른 칸에서 휴지를 회수, 이나미에게 건네려고 했다.

하지만——.

"선배, 이쪽!"

순간적으로 이나미의 손이 화장실 칸에서 나오더니 휴지가 아니라 내 손을 잡아당겼다.

"으어?!"

순식간에 화장실 칸으로 끌려가고, 찰칵 문이 잠겼다.

그곳에는.

새빨간 얼굴의 이나미가. 정장 타이트스커트는 들추어 올라갔고, 스타킹과 팬티는 두꺼운 허벅지 중간에서 멈춰 있었다. 아니, 잠깐만. 흰색 레이스 천 조각이 그곳에 있다는 건, 이 녀석 지금 아무것도…….

"너, 너 정말이야?! 아니, 뭐하는 거야?!"

"으~~……! 하지만, 선배가 위기라고 그러니까~~."

'날 위기에서 구하려고, 노팬티를 각오하고 도와줬냐……!'

감동적인 이야기인지, 야한 이야기인지.

일단 내린 팬티를 올려 주시겠어요……?

※ ※ ※

"이제 시집 못 가……."

여자 화장실에서 무사히 탈출 성공.

마치 소중한 것을 잃어버린 듯한 모습의 이나미에게 말을 건넸다.

"팬티 좀 보인 것 정도로 호들갑스러운 녀석이네."

"그게 팬티를 훤히 본 사람이 할 말인가요!"

"사, 사람을 변태 취급하지 마! 살짝 보였을 뿐이야, 살짝!"

"살짝 보든 훤히 보든 어차피 마찬가지예요. 이 기회에,

책임져 달라고요!"

"대체 무슨 기회야……. 그보다도 너는——."

너는 경험한 적 없어?

그런 성희롱 같은 질문이 무심코 새어 나올 뻔했지만, 아슬아슬한 타이밍에 꾹 참았다.

그래도 이나미로서는 내 표정이나 리액션으로 헤아리고 말았을까. 혹은 여자이기에 그런 부분은 민감하게 반응하고 말았을까.

"~~~~! 누구 탓에 계속 처녀였다고 생각하는 건가요!"

"뭐어어어어어?!"

누구 탓이라니, 내 탓이라는 거야?!

15화: 내가 마사토 선배를 정말 좋아하는 이유

나와 마사토 선배의 첫 만남은, 신입 사원으로 입사했을 때.

──가 아니다.

당시의 마사토 선배는 지독히 취해 있었고, 그 무렵의 나는 머리카락도 긴데다가 염색도 안 했으니까 전혀 못 알아차렸다.

너무 둔해서 어이가 없지만, 못 알아차리는 편이 나로서도 적절할지도 모른다. 그야, 부끄러운걸.

약속을 전혀 기억하지 못하는 건 조금 쓸쓸하지만.

※ ※ ※

마사토 선배와의 진짜 만남은 내가 고등학교 3학년, 마사토 선배가 신입일 때다.

솔직히 말하면 그때까지의 내 인생은 시시했다.

마치 로봇처럼. 세간에서 말하는 명문가에 태어나서, 계속 부모님이 깔아 놓은 레일 위에서 살았다.

내 입으로 말하는 것도 그렇지만, 나는 우등생이었다.

부모님의 기대에 부응하고자 계속 노력했다. 그야말로 유치원 시절부터 배워야 할 것은 가득했고, 부모님의 희망대로 진학교에 들어가서 매일 학원을 다녔다.

친구가 전혀 없었던 건 아니지만, 동급생 이상 친구 미만. 그런 표현이 내게는 와 닿는다.

마음을 허락할 수 있는 친구가 없다. 아니, 마음을 허락해 주는 친구는 없었다는 표현이 올바르겠지.

방과 후나 휴일 등에 놀자는 권유도 모두 거절했으니까 당연하다.

이른바 분위기 파악 못 하는 아이.

일단 반장을 맡았으니까 의지할 대상이기는 했다고 생각한다. 딱히 괴롭힘을 당한 것도 아니고, 상대 쪽에서 거리를 둔 것도 아니다.

하지만.

"이나미는 집이 엄하니까 어쩔 수 없지."

"나기사는 바쁜걸."

"나기사는 우리한테 동경하는 아가씨인걸."

그리고 모두가 반드시 마지막에 말하는 '다음에 봐'의 말. 그 한마디가 쓸쓸했다.

나도 사실은 잔뜩 놀고 싶은데. 항상 반 아이들의 뒷모습을 배웅했다.

그러던 어느 날. 체육제 뒤풀이 권유를 받았다. 나는 과감하게 참가해 보기로 했다. 처음으로 반 아이들과 학교가 아닌 곳에서 이야기했다. 예상보다 더 즐거워서, 정신이 들자 커피 체인점에서 몇 시간이나 수다. ○○랑 △△ 선배가 사귀었다든지 헤어졌다든지, 저기 브랜드가 좋다든지, 여기 화장품이 우수하다든지.

전혀 모르는 내용뿐이지만, 내게는 그런 별것 아닌 대화 하나하나가 무척 신선하고 재미있었다.

간신히 깨달을 수 있었다.

아, 내가 하고 싶었던 건 이거였구나.

친구들과 노래방이나 패밀리 레스토랑에 가서 별것 아닌 수다를 떨거나, 수련회나 여행 따위로 즐거운 추억을 만들고 싶었구나.

돌아가는 길, 그녀들에게서.

"다음에 또 놀자!"

그 말을 들은 것이 바보처럼 기뻤다. '다음에 봐'가 아니라 '다음에 또 놀자'.

너무 들떠서 그랬을 테지. 나는 그날, 학원에 가는 것을 까맣게 잊고 말았다.

그 한 번의 잘못을, 우리 아버지는 용서하려고 하지 않았다.

그리고 바로 후, 학교에서 그녀들에게 말을 건네었더니 어째선지 서먹서먹한 태도.

'왜 그래?'라고 물었더니, '이제 우리랑 놀지 않는 편이 낫지 않겠어?'라며 차가운 말이 돌아왔다.

"어, 어째서……?"

"나기사네 아버지한테서 집으로 연락이 왔거든. '더 이상 딸이랑 엮이지 말아 주세요'라고."

처음으로, 정말로 태어나서 처음으로 아버지에게 강한 분노를 느꼈다.

집으로 돌아간 나는 아버지가 귀가하기를 기다려서, 항의했다.

무서웠다. 어쨌든 처음 하는 항의였으니까.

하지만, 헛수고로 끝나고 말았다. 그러기는커녕 아버지는 '이제 그만, 정신을 차려라'라면서 나를 있는 힘껏 혼냈다.

나는 정신없이 집을 뛰쳐나갔다.

모든 것이 싫어졌다. 부모님이 바라는 그대로 열심히 우등생으로 생활한 것도, 처음으로 마음을 허락할 수 있는 친구가 생겼다고 생각했는데 그것이 망가졌다는 것도.

무엇 하나 내 바람을 이룰 수 없다는 무력함과 한심함으로, 자포자기했다.

이럴 때에 어디로 가면 좋을지도 모르는 나는, 전철을 타고 번화가로 발길을 들였다. 그리고 계속 가보고 싶다며 생각했던 노래방으로 들어갔다.

당황한 상태에서 적당한 플랜을 선택하고 방으로 안내받

았다.

부끄럽게도 노래를 고르는 방법도 모르고, 음료나 음식을 주문하는 방법도 모른다. 모두에게는 상식일 것들을 나만이 모르는 것 같아서, 한층 더 비참한 기분이 들었다.

"아하하……. 드링크 서버 사용법도 잘 모르네."

"어. 우는 거야?"

갑자기 누군가 말을 건네어서 깜짝 놀랐다. 돌아봤더니 대학생 같은 남성 그룹이.

"진짜 여고생이잖아. 게다가 엄청 귀여워."

"남친한테 차이기라도 했어?"

당연하게 팔을 붙잡거나, 머리를 쓰다듬거나. 명백한 추파에 나는 당황 이상으로 혐오감을 품었다.

"우리 방으로 와. 술도 있으니까. 응?"

"아, 아뇨. 정말로 괜찮으니까."

어깨에 손을 둘러서 절대로 놓치지 않겠다는 것 같은 상황.

굉장히 무섭고, 떨렸다.

하지만 문득 어떤 것이 뇌리를 스쳤다.

──혹시 이 사람들이 바라는 것 같은 '불장난'을 받아들인다면, 아버지의 얼굴에 먹칠을 할 수 있을지도 모른다고. 한 방 갚아 줄 수는 있지 않을까.

이럴 때, 철저하게 비행으로 가는 것도 나쁘지 않을지도.

그런, 되지도 않는 생각을 하던 그때였다.

"미안미안, 기다렸지?"

그 사람은 백마를 탄 왕자님──이 아니라 정장 차림에 무척 취한 오빠.

오빠는 내 팔을 붙잡고, 대학생들한테서 감추듯이 자신의 뒤로 끌어당겼다.

남성 그룹 하나가 오빠를 노려봤다.

"허? 당신, 이 아이의 뭐야."

"아? 어~……. 내가 만남 사이트에서 알게 된 애인데."

"""어?""" "엑……."

그 한마디는 말도 안 된다. 조금 두근대던 기분을 돌려줘.

오빠는 남성 그룹한테 겁먹지 않고 말했다.

"내가 낸 돈을 대신 내준다면, 이 아이 양보할 수 있다고."

그 말에 흥미를 잃었는지 질색했는지, 대학생 그룹은 '아니 됐습다'라더니 총총히 그 자리에서 도망쳤다.

오빠는 나를 구해 주었다.

하지만 가냘픈 여자를 구하는 히어로로서는 별로라고 생각했다.

그게 말이지, 남을 값싼 여자 취급했다고.

그래도 은인임에 변함은 없다.

"저기……. 도와줘서, 감사──,"

"꼬맹이는 냉큼 돌아가. 알겠지?"

"뭐……!"

무척 만취한 모습인 오빠는, 드링크 서버에서 물을 잔 가득 따르더니 단숨에 들이켰다. 그리고 한 잔을 더 따르더니 그대로 휘청휘청 갈지자로 자신의 방을 향해 떠났다. 너무 취했잖아……

잠깐만. 날 이대로 방치?

오빠한테 도움을 받았다. 하지만 화도 났다.

"응……!"

그 언밸런스한 감정이 내 다리를 움직였다.

종종걸음으로 오빠 뒤를 따라갔다.

가늘고 긴 복도 모퉁이를 돌자 빛이 있는 방은 네 개뿐.

하나둘, 열심히 발돋움을 해서 방을 살며시 들여다봤더니.

있었다.

세 번째 방에서 찾던 사람인 오빠를 발견했다. 혼자 있었다.

뜻을 다지고 문을 열었다.

"어? ──좀 전의 여고생?"

"오, 오빠. 저랑 불장난, 하지 않을래요……?"

"부, 불장난? 너는 대체 무슨 소리를……?! 으어어어?!"

오빠가 소리를 지르는 것도 무리는 아니었다.

내가 갑자기 옷을 벗기 시작했으니까.

와이셔츠 단추를 하나씩 풀고, 블라우스도 함께 벗었다.

브래지어만 입은 모습이 되자 오빠의 시선이 내 가슴에 계속 꽂혔다. 내 탓에, 그게…… 아래쪽 부분이 굉장히 건

강해진 것도.

스스로도 터무니없이 어리석은 짓을 한다는 건 안다. 하지만 어리석기에 의미가 있다고 믿을 수밖에 없다. 값싼 여자가 될 수밖에 없다.

지금 밖에서 문에 달린 창을 들여다본다면, 내 인생은 끝나겠지.

하지만 차라리 손님이나 점원이 들여다보고, 신고를 해주는 편이 나을지도 모른다.

오빠에게 폐를 끼친다는 사실을 이제 와서 깨달았다. 혹시 나 따위와 야한 걸 하고 싶지 않다면, 그대로 점원을 불러도 상관없다.

"……너 울고 있었지?"

"읏……! 그게, 불장난을 하면 아버지를 곤란하게 만들 수 있을지도 모르니까……!"

"뭐?"

"이제 아무래도 상관없어. 그러니까 마음대로 해주세요."

"정말로 괜찮은 거구나."

"어, 아──. 응…… 마음대로 해도 돼."

오빠는 내 가슴을 계속 응시하고.

팔이 다가와서, 그만 어깨를 움찔 떨었다.

"……아얏!"

다가온 손은 가차 없이 내 이마에 딱밤을 날렸다.

"그렇게 쫄 거라면 벗지 마. 자."

음! 하며 벗어던진 옷을 들이밀고, 게다가 자기 정장을 벗어서 내 어깨에 걸쳐 주었다.

"……전 그렇게나 매력이 없나요?"

"엄청나게 있어, 바보냐!"

"어."

너무도 의외의 반응에 그만 굳어버렸다.

"있잖아, 남자는 바보니까 여고생한테 유혹당하면 욕정해 버린다고. 음행 조례로 신입 1년차부터 잘린다니 웃기지 말라고!"

"……."

열심히 내 가슴을 보지 않으려고 한다든지, 그러면서도 귀까지 새빨개졌다든지. 그런 오빠의 모든 게 우스워서.

"……푸흡. 아하하!"

"우, 웃지 말라고!"

진심으로 하는 말인지 내게 주의를 주려고 하는 말인지 알 수 없었다. 하지만 진심으로 좋은 사람이라고 생각했다. 조금 뒤틀렸지만.

긴장의 끈이 풀린 나는 교복을 입고, 오빠한테 어째서 이런 불장난을 결행하려고 했는지를 자세히 설명했다.

"……그러니까 내가 나쁜 짓을 하면, 아버지도 조금은 알아 줄까 해서. 나는 그렇게 부모님의 이상 그대로인 아이가 아니라고."

"자기중심적인 꼬맹이구만."

"─────어."

틀림없이 '그건 너무하네'라든지 '그건 가엽구나'같이 동정할 거라 생각했는데. 오빠는 단호하게 말했다.

"알겠어? 앞뒤 생각 않고 의사표시를 하면 안 돼. 그런 짓을 해서 아버지보다 상처받는 건 너라고. 제대로 생각하고, 현 상황을 타파해."

당연하지만 내게 그런 말을 해준 사람은 처음이었다.

"부모님이 바라는 것처럼 살아가는 게 힘들다면, 다른 길을 고르면 돼. 좀 불성실하게 살아도 되잖아. 네 인생이니까, 네가 좋아하는 대로 하면 돼."

이 사람은 오늘 만났을 뿐인 모르는 여고생에게 진심으로 말해 주고 있었다. 나 따윈 내버려 두면 되는데.

끝까지 들은 순간, 눈물이 나왔다. 그때까지 참았던 것이 넘쳐서, 멈추지 않고.

"어, 야! 울지 말고!"

"아, 안 울어!"

'알았어, 알았어'라고 오빠는 달래며, 내게 휴대용 티슈를 줬다.

말은 험한 사람이지만 행동은 굉장히 다정한 사람이라고 생각했다.

"알겠어? 스트레스라는 건 말이야. 다양한 해결 방법이 있거든."

"? ……예를 들면?"

"그저 큰 목소리로 노래를 부르는 거야."

오빠는 노래방 태블릿을 들더니 재빨리 노래를 입력했다.

술도 잔뜩 마신 모양인데, 오빠도 스트레스가 쌓인 걸까?

"자! 같이 부르자고! 목이 쉴 정도로 부르면, 싫은 일 따 윈 대부분 잊을 수 있으니까!"

"으, 응!"

'좋아! 지금부터 잔뜩 부를 거라고, 부장 이 머저리가!'라 며 마이크를 움켜쥔 오빠였지만.

"……어, 그보다도 잠깐만. 너, 미성년자지?"

그렇다고 고개를 끄덕이자 오빠는 시계를 확인했다."

"으음, 그러니까 분명 미성년자는 22시 이후로 아웃이었 던가……."

"하지만, 아직 30분 있는데?"

노래를 부르라고 제안한 입장에서, 오빠도 바로 돌아가라 고 말할 수는 없었나 보다.

"……30분만이다? 그 다음에는 돌려보낼 테니까?"

"만세! 에헤헤…… ♪"

그리고 30분, 우리는 둘이서 계속 노래했다. 나는 잘 모르는 옛날 노래를 넣고서 '린다린다~♪' 같이 외치고, 노래하니, 확실히 스트레스 발산이 되었다. 겸사겸사 술을 마시려고 했더니 오빠가 막았다. 그런 부분은 성실했다.

※ ※ ※

"어때? 스트레스 발산이 됐어?"

"응, 엄청 됐어!"

솔직히 말해 이 시점에서, 나는 오빠를 완전히 따르고 있었다. 교우 관계가 빈약한 나니까 신기한 일도 아니었다.

아니. 교우 관계가 풍부하더라도 틀림없이 나는 끌렸다.

노래방에서 택시 광장이 있는 역을 향해 걸었다. 밤중의 번화가는 위험하다며 옆에 있어 주던 오빠는, 천천히 정장 가슴 주머니에서 명함첩을 꺼냈다.

"음."

"명함? ……나한테 주는 거야?"

"정말로 고민이 있거나 의지할 사람이 없을 때만, 나한테 연락해도 돼. 그때는 오늘처럼 노래방 정도라면 어울려 줄게."

"…………."

"왜 굳는 거야."

"오빠, 날 꼬시는 걸까 싶어서."

"이 바보가──!"

"아하핫. 완전 당황했어."

새빨간 얼굴의 오빠를 언제까지고 계속 보고 싶었지만, 안타깝게도 택시 광장에 도착해 버렸다.

오빠는 '이걸로 충분하겠지'라며 만 엔 지폐를 건네주었다.

"어, 됐어됐어."

"사양하지 마. 행선지는 말할 수 있지?"

"그, 그 정도는 말할 수 있으니까."

"오─ 잘됐네. 그럼 잘 가."

"응⋯⋯ 고마워."

팔랑팔랑 손을 흔든 오빠는 그대로 역을 향해 걷기 시작했다.

신기했다. '다음에 봐'라는 말은 정말로 싫었을 텐데, 이때만큼은 '다음에 또 만나고 싶다'라며 진심으로 바라고 만다.

"오빠!"

"응?"

"혹시 내가 어른이 되면, 같이 술 마셔 줄래요?"

오빠는 '뭐야, 그게'라며 어이없어했다.

"──뭐, 네가 어엿한 어른으로 성장한다면 말이지."

"저, 정말로?"

"그래. 그러면 일본주가 맛있는 가게로 데려가 줄게. 열 곳이든 스무 곳이든."

웃는 얼굴에 그만 두근거렸다. 얼버무리듯이, 일부러 뺨을 부풀렸다.

"에─. 나, 화려한 BAR 같은 곳이 좋은데."

"일본주의 맛을 모르다니 꼬맹이구나."

"아직 꼬맹이인걸."

"하핫!"

"정말이지! ……하지만, 약속이야?"

오빠 앞에서 다시 서서, 새끼손가락을 내밀었다. 오빠는 조금 부끄럽다는 모습으로 주위를 둘러보더니, 체념한 듯 새끼손가락을 들었다.

어린애 취급한 벌이다.

"우어?!"

손가락을 감은 순간, 그대로 오빠를 있는 힘껏 끌어당겼다.

갑작스러운 일에 오빠는 쓰러지듯이 이쪽으로 와서, 한순간 허그를 하는 모양새가 되었다.

오빠에게 밀착하며 귓가에 속삭이듯이 말해 줬다.

"어른이 되었을 때는, 내 처음을 받아 줘야 돼?"

"뭐……! ~~~~어, 얼른 돌아가!"

"아하핫♪ 다음에 봐, 오빠!"

'다음에 봐'는, 사실 무척 멋진 말이었나 보다.

택시에 탄 뒤, 오빠한테 받은 명함을 바라봤다.

"카자마 마사토 씨. ······마사토. 마사토 선배, 일까?"

스스로도 단순하다고 생각한다. 오빠의 이름을 중얼거리는 것만으로, 내일부터 열심히 할 수 있겠다고 생각해 버렸으니까.

만나고 헤어지기까지, 순식간이었다.

그래도 내가 보낸 인생 가운데 가장 농밀한 시간이었다.

어느 수업이나 강의보다도 즐거웠다.

그렇기에.

"열심히 해서, 어엿한 어른이 되어야겠지."

※ ※ ※

그 후로 나는 부모님이 깔아 놓은 레일을 크게 벗어났다. 결코 자퇴 등 탈선했다는 의미가 아니라, 자신의 길은 자신이 개척하는 노력을 하게 되었다.

정해 준 대학교에 가지 않으면서 크게 다투고 의절 상태가 되어 버렸지만.

하지만 후회는 없다. 오히려 상쾌하기도 했다.

대학 생활에서는 고교 시절까지 늦어진 청춘 시절을 되찾듯이 열심히, 나 나름대로 청춘을 구가했다. 성적도 상위를 유지하며, 미인대회에서 뽑힐 정도로 모두에게 호의를 받는 존재가 될 수 있었다. 물론 정말 소중한 친구도 잔뜩 생겼고, 처음에는 거북했던 일본주도 어느샌가 무척 좋아하게 되었다.

술자리에서 '나기사는 귀여운 얼굴로 술고래'라며 친구들에게 놀림을 당하게 된 것은, 틀림없이 오빠 탓이다.

시간은 흘러, 나는 사회인이 되었다.

그리고 가장 처음 지망한 회사에 무사히 입사할 수 있었다.

그렇다. 오빠의 회사다.

운명이라고 생각했다.

나를 교육하는 선배가 오빠였으니까.

4년 전과 비교하면 눈빛이 탁해진 느낌이 없지는 않았다.

"오늘부터 내가 교육 담당이니까 잘 부탁해."

못 알아차리는 게 아쉬운 것 같기도, 운 좋은 것 같기도.

하지만 됐나. 이제부터 오빠랑 처음부터 다시금 관계를 쌓는 것도 나쁘지는 않다.

"처음 뵙겠습니다! 앞으로 잘 부탁드려요, 마사토 선배♪"

16화: 이나미 나기사는 관심 끌고 싶고, 사랑하고 싶다

공원 술자리를 모두 만끽하고, 이제는 막차를 놓치지 않도록 역으로 향하는 것뿐.

하지만──.

"너 말이지."

"싫어싫어싫어! 호텔 가요~!"

"갈 리가 없잖아!"

"왜요? 호텔에 가서 계속 마시면 되잖아요? 제 팬티 본 책임도 져요! 요전에는 결국 호텔에 안 갔으니까, 오늘이야말로 가자고요~~~!"

이 떼쟁이는 대체 뭘까……. 이 녀석, 정말로 성인이지?

이 이상 만취녀한테 휘둘릴 수 없다 다짐하며 심호흡.

"막차까지 시간 있으니까, 편의점에서 커피 사올게."

손목시계를 확인하니 자정 직전. 다행히도 머리를 식힐 시간 정도는 남아 있었다.

"너는 뭐 마시고 싶은 거 있어?"

"빙결 스트롱 제로랑 스트링 치즈──.""물이랑 숙취해소제 말이지."

"아~~앙! 밤은 지금부터인데~~~!"

밤은 언젠가 끝나는 법이다.

걍걍 시끄러운 이나미는 편의점 앞에 방치. 총총히 가게 안으로.

이만큼 거리의 편의점에서 안도한 적이 있었을까.

음료 코너로 걸음을 옮겨서 생각하던 페트병 커피를 꺼내려고 유리문으로 손을 뻗었다.

하지만 그만 움직임을 멈춰 버렸다.

"젠장……. 그 유혹에는 평생 익숙해지질 않네……."

유리에 어렴풋이 비치는 내 얼굴이 너무나도 부끄러움으로 가득했으니까.

마구잡이로 문을 열자 서늘한 바람이 얼굴과 몸을 식혀 주었다.

가능하면 좀 더 식히고 싶을 정도였다. 아이스크림 냉동고에 뛰어들고 싶은 기분을 처음으로 이해할 수 있었다. 절대로 하진 않겠지만.

스스로를 몇 번이고 타일렀다.

나는 교육 담당, 이나미는 후배. 그 이상도 이하도 아니라고.

잡지 코너에 있는 '새로운 사회인의 연애 사정, 20대부터 시작하는 어른의 섹스 기술'이라든지, '매력적인 가슴! 신경이 쓰이는 연상도 단번에 함락?!' 같은 수상쩍은 여성 주간지에도 시선을 줘서는 안 된다.

"어······?"

가게를 나온 순간, 무심코 중얼거리고 말았다.

이나미에게 남자 삼인조가 말을 걸고 있었으니까.

대학생 정도일까? 이나미와 그다지 나이는 차이가 없는 것처럼 보였다.

'누님 혼자? 지금부터 놀자'라든지, '노래방에서 같이 노래 부르자!'라든지, '클럽이든 바든 괜찮으니까'라든지.

그야말로 헌팅. 젊은 혈기의 소치 이곳에 있도다.

끼어들어야 하느냐면, 당연히 끼어들어야겠지.

하지만.

"······."

끼어드는 것을 주저하고 말았다. '내가 정말로 고개를 들이밀어도 되나?'라며 쓸데없이 고민하고 말았다.

다소 껄렁한 분위기는 눈에 띄지만, 이나미를 억지로 데려가려고 하지는 않았다.

세 사람의 유혹에 귀를 기울이는 이나미도, 무서워하는 표정으로는 보이지 않았다.

그러기는커녕 기뻐하는 것처럼 여겨지기까지 했다.

착각이 아니었다.

이나미의 표정이, 보조개가 생길 만큼 만면의 미소로 바뀌었다.

그리고 남자 삼인조에게 애교 가득하게 말하는 것이었다.

"미안해요. 저, 이제부터 정말 좋아하는 선배랑 호텔에 갈 거니까, 당신들과 놀러갈 순 없어요♪"

"뭐?!" """엑⋯⋯."""

나를 포함해서, 일동 침묵.

이 녀석, 부장을 상대하라고 전수한 마법의 말을 썼어⋯⋯.

게다가 응용 정도가 아니라 마개조⋯⋯!

'에헤헤♪ 말해 버렸다'같이 수줍게 미소 짓지 말라고—.

"아. 마사토 선배, 늦~~~어!"

내 존재를 알아차린 이나미가 종종걸음으로 다가왔다.

그리고는 기세 그대로 뛰어드는 게 아닌가.

"이, 이나미?!"

마치 연인처럼, 과시하듯이. 대담하게 피부를 맞대는 이나미의 체온이나 부드러움이, 여봐란듯이 전해졌다.

자극적인 러브 어필을 목격했으니 삼인조도 사실을 받아들이는 것밖에 선택지는 없다. 터벅터벅 밤의 거리로 사라져 버렸다.

어쨌든 한 건 마무리.

그럴 수는 없어서.

"그럼 가요, 마사토 선배♪"

갈수록 태산. 계속 팔에 밀착한 이나미가 역과는 반대 방향, 호텔 거리를 향해 걸어가려고 했다.

다리가 아니라 입을 움직이고 말았다.

"저기, 이나미."

"예?"

"……어째서, 그렇게까지 나랑 호텔에 가고 싶은 거야?"

스스로도 한심하다고 생각한다. 당사자인 내가 그렇게 생각하니까, 객관적으로 본다면 얼마나 지독한 질문인지 도저히 알 수가 없다.

그래도, 이나미는 진지하게 대답해 주었다.

"그야 당연히 좋아하니까 그런 거잖아요."

심장 고동이 요란스러워졌다.

밤거리의 어렴풋한 빛들이 반짝이며 이나미를 비추는 것처럼 착각하게 만들 정도. 오히려 이나미라는 존재가 밤을 밝히는 것처럼 생각되기까지 했다.

취해서 그렇다든지, 농담이나 장난으로 말하는 건 아니겠지.

진지한 표정으로 이나미는 계속 말했다.

"사회인 생활이 긴 선배한테는, 저를 교육하는 3개월 남짓은 순식간이었을지도 몰라요. 하지만 말이죠. 대학교를 갓 졸업한 저한테는, 선배와 보낸 나날이 무척 소중한 시간이었어요."

한번 불이 붙은 이나미는 멈추지 않았다. 끌어당기듯이

더더욱 나와의 거리를 좁혔다. 지금이 기회라는 듯이 멈추지 않고 감정을 부딪쳤다.

"너무 단순하다고 비웃을지도 모르겠네요. 하지만 어쩔 수 없잖아요! 좋아하게 됐는걸!"

이나미의 얼굴이 붉은 것은 술이 들어가서? 고백이 부끄러워서?

우선은 흥분했기 때문이겠지.

"아니, 있잖아. 조금 진정하라고."

"진정할 수 있는 날이 아니에요! 매일 모르는 걸 가르쳐 주고! 거북한 상사나 거래 상대한테서 저를 지켜 주고! 별 것 아닌 잡담도 술을 마시면서 들어 주고! 선배랑 같이 있으면 두근두근하는걸!"

"아니, 그런 의미가 아니라──."

"취한 기세로 호텔로 유혹하는 게 아니에요! 아무하고나 야한 걸 하고 싶은 게 아니에요! 마사토 선배랑 하고 싶은 걸! 훨씬 예전부터 좋아했는걸!"

"훨씬 예전? 어, 어쨌든! 일단 진정하──."

일단 진정하라며 말하려고 했다.

하지만 말이 가로막혀 버렸다.

이나미의 입술에.

"???!!!"

한순간 무슨 일이 벌어졌는지 알 수 없었다. 갑자기 얼굴을 가져다 댄 이나미가, 갑자기 입술을 들이댔으니까.

"으읍~~~?!" "응......"

작은 몸을 있는 힘껏 발돋움하고, 절대로 떨어지지 않으려는듯 허리에 손까지 둘렀다. 호흡하는 시간조차 아까운지, 부드러운 입술이나 짧은 혀끝을 그저 계속 움직였다. 요염한 숨결이 귀부터 온몸을 지배했다.

이것이 본인이 할 수 있는 최대한의 애정표현이라고 증명하듯이.

입술이 떨어지자 서로 숨이 거칠어지고 말았다. 눈이 마주치고 말았다.

나를 가만히 바라보는 촉촉한 눈동자, 자그마한 입술, 들썩이는 가냘픈 어깨, 살짝 벌어진 옷깃. 이나미의 모든 것이, 방울져 떨어질 만큼 여자다운 느낌을 자아내고 있었다.

"......진심, 전해졌나요?"

"너무 전했다고, 바보 녀석......."

"이 정도까지 안 하면, 둔감한 선배한테는 전해지지 않는걸요."

너무나도 적절한 결정타 발언에, '윽......' 하고 나도 모르게 목소리가 나왔다. 도대체 어디서 그런 거친 방법을 배운걸까.

그래도 지나치게 공격적인 행위임은 자각하고 있나 보다. 이나미의 표정은 평소와 달리 조신했다. 조심스러운 태도

도 어우러져서 그윽한 분위기마저 느껴질 정도라, 이 정도로 얌전한 편이 지금 이상으로 인기가 있을지도 모르겠다.

하지만 말이다. 평소의 애교 가득하고 활기 넘치는 모습이야말로, 역시나 이나미에게 어울린다.

나 역시도 평소의 천진난만한 이나미로 있어 줬으면 한다.

"~~~~윽! 내가 잘못했어!"

"?"

"계속 스스로를 타일렀어!"

"타일렀다, 고요……?"

"그래! 나는 상사이고 이나미는 후배! 그 이상도 그 이하의 관계도 아니라고!"

어리둥절한 이나미에게 계속 말했다.

"스킨십이 많은 건 날 놀리는 것뿐이라든지! 매번 술자리를 권하는 건 술을 좋아하는 것뿐이라든지! 전부 형편 좋은 쪽으로 이해하려고 했어!"

"! 어, 어째서요? 형편 좋은 쪽이라면, 오히려 제 호의를 받아들이는……."

"어쩔 수 없잖아! 너같이 귀여운 녀석한테 구애를 받은 경험 없으니까!"

"예?!"

귀엽다는 말은 익숙한 주제에. 애당초 '후배인 저, 귀엽나요?'라며 매번 놀린 주제에.

그래 놓고서 처음 들었다는 것처럼 반응하지 말라고―.

이나미는 새로운 일면을 보여 주었지만, 점과 점이 이어졌으니까 그럴까?

"??? 이나미?"

"…………후훗! 아하하하하핫♪"

어리둥절한 표정에서 돌변, 이나미 대폭소.

"선배 얼굴 새빨개!"

"누, 누구 탓인데! 그보다 너도 거의 새빨갛―, 으억……!"

반론 따윈 허락하지 않겠다며, 있는 힘껏 끌어안고 말았다.

화가 난 감정 따윈 간단히 날아갔다. 그러기는커녕, 평소의 애교 가득한 이나미를 봤더니 나까지 기쁨이 차올랐다.

죽어도 얼굴에 드러내진 않겠지만.

"아아……. 저, 지금 굉장히 행복해요♪"

"……일본주 마실 때 같은 감상이네."

"아뇨아뇨. 어떤 술도, 마사토 선배 앞에서는 물이나 마찬가지에요♪"

'그렇다면 매번 취하지 말라고―' 하고 딴죽은 거는 건 촌스럽겠지.

"말해 두겠는데, 절대로 하룻밤만의 관계를 맺기 위해서 호텔을 가진 않을 거니까 말이지?"

"물론이에요. 마사토 선배가 그렇게 차가운 사람이라고

생각할 리가 없잖아요."

"……아, 알았다면, 그걸로 됐어."

"예♪"

이것이야말로 촌스러운 질문이었나 보다.

"게다가 말이죠."

"응? 게다가?"

장난기 가득한 미소의 이나미가 내 귓가에 속삭였다.

"저, 하룻밤만으로 만족할 여자가 아니라고요?"

"!!! 너, 너……!"

"아하하핫! 또 선배 부끄러워 한다~♪"

"~~~윽! 이 소악마 녀석……!"

장난 대성공이라며 또다시 이나미 대폭소.

아직 익숙하지 않은 내게 문제가 있는 걸지도 모르겠지만, 이런 폭탄 발언, 남자라면 누구라도 당연히 반응한다.

정말이지, 이 녀석에게는 이길 수가 없다.

나는 터무니없는 후배, 아니. 터무니없는 여자에게 호감을 산 것일지도 모르겠다.

"마사토 선배. 공사 모두, 앞으로도 지도편달, 잘 부탁드린다고요?"

"! 어, 어어……."

"어라라? 혹시, 야한 지도편달을 생각하고 있나요?"

"뭣?! 새, 생각 안 해!"

"선배를 위해서라면 저, 어떤 일그러진 애정 표현도──,"

"~~~윽! 아침까지 잔소리해 줄까!"

"아~~~앙♪"

아침까지 잔소리했는지, 아침까지 즐겼는지는, 상상하는 그대로다.

후기

처음 뵙는 분은 처음 뵙겠습니다, 오랜만이신 분은 오랜만입니다. 나기키 에코입니다.

판타지아 문고에서 책을 내는 것은 약 2년만. '정말로 시간이 가는 건 빠르구나'라고 절실히 느끼게 되네요.

2년 전과 비교해서, 철야나 술 대량 섭취가 다음 날에 영향을 미치는 것도 납득이 갑니다.

'연상 계열이나 누님 캐릭터보다 나이가 더 많아지고 말았다. 하지만 그건 그것대로 흥분되니까 괜찮지 않나'라며 하루하루를 건전하게 살고 있습니다.

2년 전부터 성장한 게 없네─.

그런 저자가 그리는 사회인 러브코미디는 어떠셨을까요.

매일처럼 술을 권유하는, 관심을 받고 싶은 후배.

성격은 솔직하고, 배짱도 가슴도 훌륭한 동기.

미스테리어스한 과거를 가진 커리어 우먼 선배.

거래처의 바보 같은 로리.

'이런 귀여운 아이들이 있다면 잔업도 언제든 할 수 있어!' 정도로 신이 나셨다면 좋겠습니다.

여러분이 미는 히로인이 생겼다면, 더더욱 좋고요.

"나기사가 관심을 끌어 줬으면 좋겠어!" "쿄카한테 한 방 맞고 싶어!" 등등의 말씀, 트위터에서 기다리고 있습니다.

저도 과거에 마사토처럼 광고 대리점의 영업 사원으로 일하던 시기가 있었습니다.

작가로 데뷔한 뒤, 자신의 이력을 폭로한 것은 의외로 처음일지도.

칠흑 같은 어둠이라고까지 말하지는 않겠지만, 상당히 블랙인 기업이었습니다.

1년도 채 안 되어서 제 왼쪽과 맞은편의 선배 상사가 건강 이상으로 퇴사해 버리거나, 상사가 저지른 치명적인 실수를 조금이라도 만회하기 위해서 당시 신입이었던 제가 독단적으로 저지른 실수로 처리하도록 명령을 받거나.

기타 등등, 기타 등등.

지금은 '이 이야기 쓸 수 있을지도!'라고 당시를 떠올리며 집필할 수 있으니까, 좋은 추억이라고 할 수는 없겠지만 양식은 되었다며 믿고 싶네요.(웃음)

틀림없이 세상에는 제가 괴롭다고 생각하던 나날보다도 하드한 나날을 보내는 사회인이나 학생 분들이 잔뜩 있을 거라 생각합니다. 생각한다고 할까 틀림없이 있습니다.

그런 현재진행형으로 노력하고 있는 사람에게 제가 할 수 있는 일이라면, '내일부터 또 힘내자!'라고 기운이 생길 법한 소설을 세상에 내놓는 것 정도입니다.

저도 열심히 집필할 테니까, 여러분도 업무나 학업, 지금 맞서고 있는 일에 전력으로 힘을 내주세요.

엄청 좋은 말을 했으니까, 저한테 보너스 주세요.

THE 허사.

어쨌든 부조리한 일뿐인 세상이지만, 자기 나름대로의 페이스로 매일을 보내도록 하죠! 파이팅!

본 작품 관심 끄는 신입(약칭 미정)을 여러분은 어떤 계기로 알게 되셨을까요? 서점에서? 인터넷 소설? 판타지아 문고의 선전?

그중에서도 만화 동영상이 계기이신 분이 무척 많으실 거라 생각합니다.

'무슨 소리?'라고 하실 분께 간단히 설명을 드리자면, 관심 끄는 신입은 YouTube '카논의 연애 만화' 채널에서도 공개 중인 이야기입니다.

어느 날, 카논님께서 이야기를 건네어 주시고, 그 타이밍에 제가 인터넷에서 조금씩 쓰고 있던 관심 끄는 신입을 '만화 동영상으로 어떠실까요?'라고 제안했더니 감사하게도 쾌히 승낙.

만화 동영상의 원작은 첫 경험이었기에 시행착오를 반복했지만, 처음으로 라이트 노벨을 읽었을 때와 같은 그리움을 느끼며 즐겁게 적었습니다.

그리고 척, 척, 처—억, 굉장한 흐름으로 지금 같은 소설화에 이르렀습니다.

인터넷 소설이 시작 같기도, 만화 동영상이 시작 같기도.

어느 쪽이든 시작이라 볼 수 있는 하이브리드 작품의 완성! 그런 흐름입니다.

소설판과 만화 동영상판, 양쪽 모두 즐겨 주시길.

지금부터는 감사를.

담당 분. 제게는 두 번째이고, 도가 지나칠 만큼 술을 좋아하는 담당 분. 알게 되고 이번 작품의 완성에 이르기까지, 정말로 폐만 끼쳐서 죄송합니다……! 집필이 느린 작가를 돌보는 건 앞으로도 무척 큰일이실 거라 생각합니다만, 버려지지 않도록 죽을 만큼 정진하고 있습니다. 맛있는 일본주 보낼게요!

일러스트레이터 Re타케 님. 이렇게 관심 끄는 신입의 일러스트에 생명을 불어넣어 주셔서 감사합니다! 그리고 일이 빠르시면서 퀄리티도 높다니 이 무슨……! 저, 담당 분, 카논 님이 미는 캐릭터가 깔끔하게 나뉠 만큼, 모든 히로인이 귀여워. 소품이나 복장의 세세한 부분까지 신경 써 주셔서 그저 머리를 들 수가 없습니다. 앞으로도 잘 부탁합니다!

만화 동영상 담당이신 유키 아라레 님. 일러스트로 만드는 것만이 아니라, 제가 집필한 졸저를 더욱 연마해 주셔서 정말로 감사합니다! 처음 완성된 만화 동영상을 보았을 때는, 너무나도 고퀄리티라 농담이 아니라 첫 장면부터 '엇' 하고 중얼거렸습니다.(웃음) 만화판이기에 가능한 코미컬한 나기사가 정말 좋고, 마사토가 권유를 거절해서 바동바동하는 나기사가 엄청 스트라이크입니다. 완전히 스트라이크입니다!

'카논의 연애 만화'의 카논 님. 갑작스러운 '같이 일하죠' 메시지부터, 이런 형태에 이르다니 정말로 깜짝 놀랐습니다. 우선 크리에이터로서 공헌할 수 있도록 정진하겠습니다. 지금은 그저 업혀가기는커녕, 리무진을 타고 위스키를 마시며 한 손에 점프를 읽는 기분입니다. 함께 달릴 수 있도록 필사적으로 노력하겠습니다!

마지막은 물론 독자 여러분. 본 작품을 손에 들어 주셔서 정말 감사합니다! 웃고 싶을 때, 피로를 날려버리고 싶을 때, 귀여운 여자아이들에게 힐링받고 싶을 때, 몇 번이든 읽어 주세요. 그럼그럼, 또 만나요!

KAMATTE SHINSOTUCHAN GA MAIKAI SASOTTE KURU Vol.1
NE SENPAI SHIGOTO MO KOI MO KYOIKU SHITE MORATTE IIDESUKA

©Eko Nagiki, Retake, Yukiarare 2021
First published in Japan in 2021 by KADOKAWA CORPORATION, Tokyo.
Korean translation rights arranged with KADOKAWA CORPORATION, Tokyo.

관심 끄는 신입이 매번 유혹한다 1
저기 선배, 일도 사랑도 교육시켜 주실래요?

2024년 8월 1일 1판 1쇄 발행

저　　　자	나기키 에코
일 러 스 트	Re타케
옮 긴 이	손종근
발 행 인	유재옥
담 당 편 집	정지원

이　　　사	조병권
출 판 본 부 장	박광운
편 집 2 팀	정영길 조찬희 박치우 정지원
편 집 3 팀	오준영 이소의 권진영
디 자 인 랩 팀	김보라
디지털사업팀	박상섭 김지연 윤희진
라이츠사업팀	김정미 맹미영 이윤서
영업마케팅팀	최원석 박수진 이다은
물 류 팀	허석용 백철기
경 영 지 원 팀	최정연
발 행 처	(주)소미미디어
인 쇄 제 작 처	코리아피앤피
등　　　록	제2015-000008호
주　　　소	서울시 마포구 토정로 222, 502호(신수동, 한국출판콘텐츠센터)
판　　　매	(주)소미미디어
전　　　화	편집부 (070)4164-3962, 3963 기획실 (02)567-3388
	판매 및 마케팅 (070)8822-2301, Fax (02)322-7665

ISBN 979-11-384-2840-8 04830
ISBN 979-11-384-8378-0 (세트)